朝敵まかり通る

時雨橋あじさい亭3

森 真沙子

JN199619

時代小説

二見時代小説文庫

目次

朝敵《ちょうてき》まかり通る——時雨《しぐれ》橋あじさい亭 3

第一話　三百坂《さんびゃくざか》心中

一

文久《ぶんきゅう》三年（一八六三）五月末の夕まぐれ――。

暮色に包まれた屋敷は、廃屋のようにひっそりとしていた。

表門は青竹で十文字に鎖《とざ》され、名も知れぬ蔓草《つるくさ》の繁茂に任せている。スイカズラの甘い香りを放つ生垣に沿って、総菜屋〝あじさい亭〟の娘お菜《さい》は、屋敷の路地を回り込んでいく。

当家が閉門を仰せつかったのは菖蒲《しょうぶ》の頃だったが、二か月たった今、荒れた庭には紫陽花《あじさい》がこぼれ咲いていた。

裏木戸をそっと押すと、鍵《かぎ》はかかっていない。

お菜は振り返り、

「入っていいですね」

とばかり、背後に従ってきた男に眼で合図した。

相手が目で頷き返すのを見て、お菜は先に自分が滑り込み、相手を引き込んで戸を閉める。

雑草に埋まった庭石を踏んで進み、勝手口の板戸を静かに叩いた。すると思いがけなく、その戸がすぐにガタリと開いた。

「あら……」

お菜は小さく声を上げた。

薄暗い土間に、見上げるような大男がヌッと立ち、ぎょろりとした目でこちらを見ている。屋敷の当主、山岡鉄太郎《やまおかてつたろう》である。

閉門中は刀や剃刀《かみそり》は取り上げられるため、その髭《ひげ》や月代《さかやき》は黒々と、伸び放題に伸びていた。

だがその髪は一つに束ねられ、洗い晒しの藍木綿《あいもめん》の作務衣《さむえ》を身につけていて、こざっぱりとして見えた。

「や、菜坊か」

お菜と知って、その声は柔らかく弾《はず》んだ。

「お入り。ちょうど夕餉《ゆうげ》を終えたところだよ」

と手にした薬缶《やかん》を掲げて言いかけ、ふと口を噤《つぐ》んだ。お菜の背後に佇《たたず》む男に気づいたのだ。

「やあ、鉄さん、お久しぶりです、手塚《てづか》です……」

と男はすぐに進み出て、低い声で名乗った。

「お取り込みのところ、ご迷惑でなければいいんですが」

蘭方医の手塚良仙《りょうせん》、三十七歳。

ここからほど遠くない三百坂下に、大きな診療所を開いている。鉄太郎とは、近所付き合い以上の親しい仲だった。

「いや、手塚先生とは、これは嬉しい客人だ」

鉄太郎は懐かしげに、客人を見回した。

薄鼠色《うすねずみいろ》の小袖を着流しにし、その上に浅葱色《あさぎいろ》の麻の十徳《じっとく》を涼しげに羽織《はお》って、良仙はいつも粋《いき》である。

「迷惑のはずがない。さ、中へ入られよ」

手を取るようにして勝手口から座敷に上げ、自分は上がり框《がまち》に留まって、お菜にねぎらいの笑顔を向ける。

「菜坊、飯は食ったか？」

「はい」

お菜はこっくりと頷く。

親しい客が来ると、〃おーい、飯をたのむ〃と奥に言いつけるのが、かれ流のもてなしだった。奥の都合などお構いなしだから、妻のお英《ふさ》には一苦労である。時には〃あじさい亭〃に駆け込んで来ることもあり、お菜はその辺をよく心得ていた。

「そうか。まあ、ゆっくりしていけ。台所でお英が退屈しておるからな」

と言い残して、手塚医師を押すように座敷に入っていく。

閉門蟄居《ちっきょ》になると、門ばかりか戸や雨戸も閉じるのが建前だが、暑いため、縁側の雨戸一枚を開けてある。

そこから昏《く》れなずむが光がさし込んで、座敷はまだほんのり明るかった。そこへお英が出て来て挨拶し、行灯《あんどん》に灯を入れる。

「むさくるしい所へ、よう来られた」

畳にどっかり座って手塚良仙と向かい合うと、鉄太郎は言った。

「ちと暑くないですか」

「いや、お気づかいなく、どうですかな、ご気分は」

とまるで診療所の問診《もんしん》のように手塚医師が問うのを、お菜は台所の上がり框に腰かけて、耳をそばだてていた。

手塚医師には、何か折り入って話したいことがあるようだ……と何となく感じていたのだ。

「いやあ、すっかり浦島《うらしま》してますよ。浦島太郎《たろう》ならぬ浦島鉄太郎だ、はっはっは……」

鉄太郎は笑い、良仙も笑った。

「ここにおると一日が短くて困ります。朝は心静かに空を眺め、昼は書と読書ざんまい、夜は座禅……有り難いことですな」

そんなわけはないと、お菜は思う。

一時は、切腹を覚悟したと聞いている。眠れぬ夜もあっただろう。朝から晩まで書《しょ》見台《けんだい》と文机《ふづくえ》に向かう日々が、いかばかり苦渋《くじゅう》に満ちていたか、惣菜を売るばかりのお菜には想像もつかない。

だがそんな愚痴《ぐち》が、鉄太郎の口から出て来るはずもない
「夜も出かけねえんで、娘やお英には大いに喜ばれてます。家族に喜ばれる、読書も

出来る、その上こうして会いに来てくれる客人がいる。上等上等……」

実際、壁際には刀剣がらみの指南書や、古い軍学書、書の名手といわれる王羲之《おうぎし》の法帖《ほうじょう》……などが積み上がっている。勉学に座禅に、有り余る時間を有効活用はしているらしい。

「それは何よりです」

と良仙は笑って受けている。

「しかし撃剣《げきけん》の時間がありませんな？」

「ははは、それよ、手塚さん、よくぞ訊いてくれました。隣の高橋《たかはし》道場で稽古は続けてますがね。声を殺し、気合いをいれず……これじゃ蒲団《ふとん》の上で、水練やるようなもんだ」

「ははは、それでもやるだけマシでしょう」

「それはそうだが、どうも全身に空気が行き渡らんですな」

「今まで行き渡りすぎたんじゃないですか」

良仙は自若《じじゃく》として笑っている。

「今は少しのんびりして、英気を養っておいでになればいい。こんな理不尽なことが、長く続くはずがない。徳川《とくせん》のこの危機に、こんな逸材を遊ばせておくなんざ、名前は言えないが、どこぞの誰かは大馬鹿者ですわ。なに、山岡さん、案ずるなかれ、出番はすぐに回ってきますよ」

「いやいや」

と鉄太郎は笑って言った。

「一寸先は闇……がこの鉄太郎の鉄則でね。先のことは分からんもんです。大体、こんなことになろうと、これまで予想しなかったんだから、おれも相当の大馬鹿者ですなあ。ははは」

よほど嬉しいのか、晴朗な笑い声が絶えなかった。二人の話は弾んで、なかなか核心に入りそうにない。

手塚医師がお菜を訪ねて来たのは、今日の午後のことだ。

「菜坊……」

藤寺《ふじでら》近くの草叢《くさむら》で、身をかがめてミョウガを摘《つ》んでいたお菜は、背後にそんな声を聞いてドキリとした。

いつも〝菜坊〟とお菜を呼ぶ人の声に、よく似ていたからだ。だがその人は今年の四月初め、永閉門を命じられ、小石川鷹匠町《こいしかわたかじょうまち》の拝領屋敷に蟄居している。

あるいは、このうららかな初夏の陽気に誘われ、禁を犯してふらりと出て来たかも……？

そんな考えが一瞬閃《ひらめ》いて、お菜は振り向いた。

「わっ、良庵《りようあん》先生！」

そこに影のように突っ立っている男は、傾きかけた陽を背に受けて、やけにひょろりとして見えた。

「化物《ばけもの》でも見るような驚き方だね。わしで悪かったかな」

「だって……」

とお菜は、笑いころげた。今や江戸でも評判の名医が、菜摘みに熱中する娘の背後から、他人の声音で驚かそうとしたのだ。

「ま、箸が転んでも笑うお年頃さね。ただ一つ断っておくが、私はいま良庵じゃないよ。良庵あらため、良仙だ」

その時になって、お菜は思い出した。

「あ、そういえば昨年、大先生が亡くなったんだっけ。すみません」

「ま、どっちでもいいが、せっかくの親爺の遺産だし、良仙の方が名医のように聞こえるだろ」

とかれは男前の顔をひしゃげて笑う。

お菜は、手の甲で額の汗を拭いながら立ち上がった。前垂れの中には、摘みたてのミョウガが、青々と匂い立っている。

「おっ、ミョウガだね」

「ここ、よく採れるの。これからうちで召し上がってください」

「もちろんそのつもりだが……。実は、ちょっと訊きたいことがある」

と良仙は、いま下《くだ》ってきた坂を仰ぎ見た。

坂の両側にはいつの間にか緑がこんもりと茂り、そこに濃い影をなしている。かれは長い指で、鷹匠町の方を指した。

「他でもない。山岡邸の閉門もそろそろ二か月だが、どうかね。今もまだ、番兵が門前で見張ってるのかい？」

「いえ、初めは厳しかったけど……」

鉄太郎は倒幕運動に加担したことで、〝逆賊〟の嫌疑がかけられ、閉門となったのだ。だから初めの頃は、〝逆賊〟の命を狙う狼藉者《ろうぜきもの》が町内をうろつき、庭に入り込んだため、そちらの警戒が厳しかったのである。

「でも今は、朝のうちだけです」

最近は日が落ちると、鉄太郎の弟の金五郎《きんごろう》や弟子たちが、こっそり裏口から忍んで来るようになっている、とお菜は言った。

「ほう、そうか。じゃ、あんたも？」

「はい、たまに総菜の注文があるので……」

「連絡はどうしてるわけ、奥方がじきじきに？」

「いえ、米屋の新《しん》さんとか八百屋の常《つね》さんとか」

「ああ、なるほどなるほど。実はこの私も、ご用聞きからそんな噂を聞いてね。ちと行ってみようかと思ってさ」

だがお菜には、この良仙が、何かさし迫った相談ごとがあるように感じられた。この売れっ子医師が、昼間からあじさい亭を訪ね、山岡家に乗り込む算段とは、尋常《じんじよう》とは思えない。

良仙は、風呂敷包みに包んで抱え持った六合入りほどの貧乏徳利を、大事そうにチラと覗かせた。

「さっそく、こんな見舞いをあつらえて来たんだが」

お菜は呆れたように目をみはった。

「いま御酒《ごしゆ》は、召し上がらないですよ」

「いいんだいいんだ。これは娑婆《しゃば》の匂いというもんさ。禁酒なんぞで、坊さんみたいに悟りすまされちゃ困るだろう。鉄さんには、まだまだ暴れてもらわなくちゃならん。これは活《かつ》を入れるおまじないなんだよ」

それを聞いて、お菜は頷いた。

「あとであたしが案内します。きっと喜んでくださいます」

空を仰ぐと、雨上がりで、雲一つなく真っ青に澄んでいる。

日ごとに若葉が濃くなり、いつの間にか自然は夏の色を帯びていた。季節が進むにつれ、警戒はゆるやかになっている。

だが、現実は何も変わっていないのだ。

永閉門とは無期限の閉門のこと。先行きの見通しは暗く、突然お上《かみ》から切腹を言いつかることだって、あるという話だった。

二

「……ミョウガを沢山《たくさん》ありがとうね」

と蚊遣《かや》り火を持って奥から出て来たお英が、足元の土間にそれを置いて、上がり框にいるお菜のそばに座り込んだ。

先ほど渡したミョウガの礼を言い、いつもは自分もよく摘むのだけど今年はねえ……などと愚痴をこぼした。

だがその割に、青白かった頬には赤みがさし、以前より表情が明るくなったようにお菜は感じた。

「ところであの清河《きよかわ》様のこと、よく知っておいでだったね？」

とお英はふと口調を変えた。

「はい、時々、店においでになりました」

「今お桂《けい》が留守だから言うんだけど……ええ、お松《まつ》を連れてお隣に行ってるの」

お桂とは、山岡家に同居しているお英の妹で、お松は山岡家の長女である。

「あたしには時々、あの方の気配が感じられるんだよ」

「あの方って……清河様のことですね？」

震える声で確かめた。このお英には、霊感めいた感覚が備わっているのを、お菜はいつからか知っている。

「そう。亡くなって二か月たつけど、まだこの庭にいなさるの」

「…………」

「早くお寺に納めて御供養したかったのに、こんな事になっちゃって……。先日も、裏の庭木のそばに、赤い人魂《ひとだま》が飛んでねえ。その下にお首が埋まってるんじゃないかと。……ああ、蚊遣り火がすこし煙《けむ》いねえ」

目をこすったのは、涙だったろうか。お英は土間に下り、勝手口の戸を少し開けた。涼しい夕闇が流れ込んできた。

戸の外に広がる闇を見透かすように、お英はじっと目をこらす。

お菜もまた、犬の遠吠えがやけに響いたあの夜のことを思い出すと、今も恐怖に心が震えた。

庄内《しょうない》出身の清河八郎《はちろう》が、麻布一之橋《あざぶいちのはし》で暗殺されたのは二か月前――。

鉄太郎と隣家の高橋謙三郎《けんざぶろう》が、揃ってお役御免となり、永閉門を仰せつかった、その前日のことである。

清河はその生涯の最後の一月《ひとつき》を、この屋敷に居候《いそうろう》して過ごした。山岡家の人々は、あの過激な尊攘《そんじょうは》派の志士に身内同様に親しく接し、お桂はかれを慕っていた。

急報が飛び込んだのは、四月十三日の宵の口で、惨劇のほぼ一刻（二時間）後だった。

たまたま鉄太郎は、同志の石坂周蔵《いしざかしゆうぞう》と家で呑んでいた。悲報を聞くや顔色を変えて立ち上がり、

「清河さんを晒《さら》し首《くび》にさせてはならん。それに、同志の連判状《れんぱんじよう》も持ってるはずだ、その両方を奪い返さねば大変なことになる」

と飛び出そうとしたのを、石坂が止めた。

「待て！　現場に幕臣のおぬしが行ってはまずい。おれは顔を知られておらんから、ここは任せてくれ」

と石坂が麻布まで走ったのである。

現場には町方《まちかた》役人が警固し、検視《けんし》役人の到着を待っていたが、石坂はとっさに機転を利かせて踏み込み、首を切り落とし、懐《ふところ》から連判状をも奪った。首は清河の紋付羽織に包み、呆気《あつけ》にとられた役人を尻目に、山岡宅に駆け戻ったのだ。

鉄太郎は隠し場を移し変え、最後は山岡邸の裏庭に埋めた。

その陰鬱《いんうつ》な作業は極秘で進められ、鉄太郎、謙三郎、石坂、そして気丈なお英だけが、秘密をわかち合ったという。

血まみれの首級を抱えて夜の底を駆け抜けた石坂、あじさい亭に避難して夜を過ごしたお桂の心境……。想像するだけでも、あの夜の記憶は悪夢だった。

「でもここだけの話よ、お菜ちゃん。こんなこと話せるのは、あんただけなんだから」

「はい」

お英がよく体験する〝不思議なお話〟を、目を輝かせて聞いてくれるのはお菜だけだという。

「お桂は、清河さんが忘れられないのねえ。男前で優しかったもの。ずっと泣いてばかりだったけど、最近やっと落ち着いてくれた。ああして無邪気な子どもの世話をしてると、気が紛《まぎ》れるみたい……」

座敷では、長州藩《ちょうしゅうはん》がこの十日、領海を航行する外国船に砲撃をしかけ追い払った、という話題になっている。

幕府がやらない〝外国船打ち払い〟を、ついに外様《とざま》の一藩が決行したのだ。

今や京でも、攘夷《じょうい》運動が激しくなってきているという。

だが江戸では、清河八郎が暗殺されて、尊王攘夷はすっかりナリをひそめてしまっていた。清河暗殺はたぶん、幕府がやらせたのだろう、という噂だった。

「これまで動きの鈍かった幕府も、今や死にもの狂いですよ」

と手塚医師が苦笑して言う。

「最近は、ミニエー銃なる新式銃を大量に仕入れたようでね。西洋式軍隊の訓練のため、フランスから師匠を招くそうです。まあしかし、長州なんぞ、とっくにミニエー銃でしょう」

かれも今、小川町《おがわまち》にある陸軍訓練所〝歩兵屯所《とんしょ》〟で、医師取締を務めているという。銃弾による体の損傷は、西洋の医学でなければ治せない。そのためこれまで弾圧されていた蘭方医が、漢方医に替わって、急速に力を持っていたのだ。

「剣は人を殺す具じゃないとおれは考えてきたが、今後は、ますます銃と大砲の時代ですな」

と鉄太郎が言う。

「いよいよそうなりますなあ……」

と二人は頷き合っている。

薬缶に湯がたぎって、お英は大ぶりの茶碗に白湯《さゆ》を注いで盆にのせ、座敷に運んで来た。

「あ、不謹慎ながら、実は御酒を持参しました」

と手塚医師は、遠慮もあってか風呂敷に包んだままそばに置いていた酒を、鉄太郎の前に押しだした。

「やあ、それはそれは。ただし、いまは白湯がやけにうまい」

と鉄太郎は白湯を吹きながら言った。

「べつに酒を断《た》ってるわけじゃねえんだが、どうも鉢の中にいる金魚は、酒を呑む気がしねえようです、ははは」

「いや、呑む気になるまで、神棚にでも供えておいてくださいよ。時に山岡さん……」

良仙は口調を改め、切り出した。

「突然なんだが、ちょっとご相談したいことがあってね」

「おや、何ですか、急に改まって」

「先日起こった、三百坂の騒動をご存じですか？」

「三百坂の……？　はて何ですか、それは」

不審そうに鉄太郎は訊き返す。

「まだご存じないか……いや、知らなくて当然です。つい四日前に起こった事件ですからな」

と良仙は頷いた。

「しかし、小石川三百坂上の、小曽根《こそね》殿はご存じでしょう？　いつか酒の席で、噂話を聞いた覚えがありますよ。石州流《せきしゅうりゅう》の茶をたしなむ、風流な御武家様だと……」

「ああ、なるほど、小曽根安兵衛《やすべえ》殿か」

やっと鉄太郎が大きく頷いた。

「よく存じていますよ。越中塚原《えっちゅうつかはら》藩で、お大名は松平長興《まつだいらながおき》様……。小曽根殿は、その江戸藩邸を預かる御留守居役でしたな。あの御仁《ごじん》がどうされたと？」

「ご本人はどうもされないが、奥方とご養子殿が亡くなって……」

「えっ？」

「そうです、それも不審死でしてね。世間はあることないこと噂して、大騒ぎです。このお二人は不義密通の仲だったとか、なかったとか。いや相対死《あいたいじに》だ、いや無理心中だ、とどこへ行ってもちきりなんですわ」

「………」

何か言おうとして、鉄太郎は異物でも呑み込んだように声を詰まらせ、座敷は静かになった。

お勝手の上がり框で耳をすませるお菜には、腕組みをして口を噤《つぐ》み、大きな目をむく鉄太郎のいかつい顔が、目に見えるようだ。

かったのだと。

（あの一件だったのか）

とお菜はやっと腑《ふ》に落ちた。手塚先生が禁を犯してやって来たのは、その話をした

三

それは四日前、小石川のど真ん中で起こった猟奇《りようき》事件である。

家老格の上級藩士の醜聞《しゆうぶん》とあって、町の人々は興奮していた。

噂が伝わるのは早い。あじさい亭に来る客は揃ってその事件を口にしたので、お菜も早々と知っていた。

噂によれば――。

その夜、小曽根安兵衛は、いつものように深夜に帰宅した。

連日のように酒席に顔を出すため、帰りはいつも遅かった。

〝御留守居役〟とは、江戸家老とも言われる。藩邸に詰めて、他藩や幕府の情報収集にあたる外交官である。

また幕府から押し付けられる普請《ふしん》や、土木工事を何とか逃れるため、饗《きよう》応《おう》したり

付け届けを欠かさず、交渉ごとに奔走する。

その夜も日本橋《にほんばし》の料亭から、小石川の藩邸まで駕籠《かご》で帰ったのが四つ（十時）頃だった。家族を起こさぬようそっと寝室に入り、寝る前に厠《かわや》に立った。

その時、手洗いから茂み越しに見える離れの茶室に、ぼんやり明かりが灯《とも》っているのに気がついた。

この藩邸には茶室が複数あるが、この奥まった六畳の茶室をかれは愛用し、妻にもその使用を許していた。たまに内輪《うちわ》でお点前《てまえ》を楽しんでいるようだが、夜は使ったことがない。

不審に思って行ってみて、腰を抜かしそうになった。

妻のお貞《さだ》と息子利之助《としのすけ》が、血まみれでもつれあい、唸り声を上げて苦しみもがいていたのである。

かれは驚愕し、すぐに坂下の診療所まで小姓を走らせた。

三百坂下通りに居を構える外科医手塚良仙に、緊急に来て来れるよう往診を頼んだのだ。

手塚診療所は小曽根家のかかりつけで、以前から、大きい病気も小さい病気も、そこに駆け込むことになっている。

ちなみに安兵衛は五十三歳。

鬢《びん》に白いものが混じり、そろそろ老境に入りつつあったが、色白な顔の頰のあたりが赤らんで、銀髪がよく似合う公家顔《くげがお》だった。

中肉中背、細身の体つきで、地味ながらよく重職をこなしていた。

剣もそこそこの腕だが、一方で茶をたしなみ、そのお点前で客をもてなすのを無上の愉しみとしていた。

妻のお貞は、妻を失くして七年目に再婚した後妻である。

病死した前妻との間に子どもはなく、かれはしばらく独り身を通していた。

お貞は小日向台町《こびなただいまち》に住む富商の娘で、伝通院《でんづういん》の塔頭《たっちゅう》の和尚から茶の点前を習っていた。その和尚と親しい安兵衛は、茶会に招かれた縁でお貞と知り合い、この人なら……と見初《みそ》めたのだった。

和尚の世話で後妻に迎えてから、十年になる。

お貞は今年で三十二。

背は低めで、きめ細かい肌は真っ白で、むっちりと脂《あぶら》がのっている。若い時分から色っぽい女だった。

妻がまだ若いのに養子をとったのは、安兵衛が大病したからである。先行きが不安になり、家老の縁戚にあたる地元の名家から、七歳になった利之助をもらい受けた。

かれは真面目な青年に成長し、元服《げんぷく》も終えたばかり。まさか、美しく豊満な義母と密通するなどと、誰も考え及ばなかった。

安兵衛とお貞の夫婦仲は良かっただけに、世間の同情は、安兵衛に集まった。この初老の良人は堅物《かたぶつ》すぎて、二十以上も年下の妻を、御《ぎょ》しきれなかったのだろうと。


「私が駆けつけたのは、もう真夜中近くでしたかね。二人ともまだ生きていると聞いたんで、あの三百坂を全力で駆け上がったんですよ、この年じゃきつかった……」

と良仙は腰を叩きながら、いきさつをかいつまんで話した。

「しかし残念ながら、駆けつけた時は、奥方はすでに亡くなっていた。それでも、一応は蘇生処置をしましたが、無駄でした。ただご養子が、何とか一命をとりとめたのが不幸中の幸いです。今はうちに入院させて治療中だが、若いだけに回復は早いでしょう」

「利之助殿は幾つです?」

やっと鉄太郎が声を発した。

「ええと、十七……もうすぐ十八になるそうで」

「十七歳……」

その頃の自分が思い浮かんだものか、鉄太郎は絶句した。

十七といえば、父親に死なれ、その赴任先だった飛騨高山《ひだたかやま》から、五人の弟を引き連れて江戸に帰ってきた年である。

相次いで両親が他界したため、六百石の旗本のこの若殿の肩に、まだ幼い弟たちの世話が、どっとのしかかってきた。

野放図にみえる鉄太郎だが、末の弟はまだ乳飲み子だったから、乳を手に入れるためかけずり回ったつらい過去があるのだ。

かれも客人も言葉を飲み込み、山岡家は一瞬、無人のようにしんと静まり返った。

「しかし……」

と先に良仙が沈黙を破った。

「あそこの夫婦仲は、これまで一体どうだったんですか。仲睦まじいと聞いていましたが、本当はどうなのかと」

「はて、そこまでは……」

鉄太郎は口を噤み、首を傾げた。

かれにとって安兵衛は、剣の友でも、呑み仲間でもなく、騒がしい政《まつりごと》の同志でもない。ただ座って茶を飲みながら静かな時を共にする、いわく言い難い仲だった。

かれより二十五くらい年上だが、安兵衛にはそんな隔たりを感じさせない、飄々《ひょうひょう》たる純情がある。

安兵衛と知り合ったのは、妙なきっかけからだった。

もう数年前になるが、鉄太郎は親しい仲間と三人で、浅草寺《せんそうじ》裏のいかがわしい茶屋でしたたか呑んだ。

だがいざ勘定を払う段になって、誰にも金の持ち合わせがないことが明らかになった。自分が持っている時は決して誰にも払わせない鉄太郎だが、大体はいつでも懐具合が淋しい。

そんな時、いつも誰かしらが払ってくれる。

多くの場合は、藩の金をどっさり懐に詰め込んでいる薩摩《さつま》藩士の益満《ますみつ》休之助《きゅうのすけ》か、庄内一の豪商の倅だった清河八郎が、気前よく払ってくれたものだ。

鷹匠《たかじょう》の松岡萬《まつおかよろず》も金には恬淡《てんたん》としていて、あれば払った。

この時は、この益密、松岡、鉄太郎が連れ立っており、三人とも誰かが持っているだろうと、吉原ですっからかんに使い果たしたのである。

だがあろうことか、誰も懐に残金はなかった。

大の男が三人もいて、払う金がない。

それが知られたとたん、店の奥から屈強な男が出て来て、外に出ろと言った。外に出ると、周囲の闇から何人かの男たちが現れ、三人を路地奥に引きずり込んだ。

「お侍エさん、腰のものを置いてって貰いやしょう。着物も脱いでもらいてえ」

「あとで金を持って来たら、返してくれるな？」

と益満がさっさと刀を渡しながら、念を押した。

「おっと、そうはいきませんや。ここにいる若い衆が、すぐに金に替えてしまうんでね」

「そいつは困る。金はすぐに都合してくるから、半刻ばかり待ってくれ。一人を人質《ひとじち》に置いていく」

「半刻もあったら、こいつら、刀を売った金で夜鷹《よたか》でも抱いてまさァ」

闇に動く男らは、十人近くに膨れ上がっていた。

「持ち合わせがないのは謝るが、払わないとは言ってねえんだ。文句あるなら役人を呼んでくれ」

「分からねえお人だな。わしら、気が早エんでね」

「分からねえのはお前だろ。いいか、家宝のこの備前正宗《びぜんまさむね》をカタにおくほど、わしらは呑んでおらんということだ」

血の気の多い松岡萬が怒鳴った。

路地を埋める闇が揺れ、懐の匕首《あいくち》を抜いて構える身動きが、ざわざわと不気味にざわめいた。

その時だった。

「おーい、お前ら、何をしておる」

という大音声《だいおんじょう》が響いた。

路地の入り口に、腰に刀をさした中肉中背の、厳しい声には似ない柔らかい人影が立っていた。

〝お前ら〟と呼ばれたのが誰のことかと、皆は一瞬静まった。

「わしの客に何を致すか！」

「…………」

「そのお三方は、わしの客だ。この方々から金を取ろうなどと、先走るな。金はわしが払う。それで文句あるか」

「い、いえ……」

「なら、店に戻って酒の支度をせい。さあ、お三方、呑み直そうではないか」

言うなり、かれはすたすたと今の店に入っていった。

三人もそれに続き、さらに盛大に呑んだ。お代はこの小曽根安兵衛と名乗る年配の武家が、すべて払った。

その翌日、三人は金を都合して、同じ小石川に住む鉄太郎が代表して届けに行った。だが相手は、あれは自分が馳走したものだから、と言って受けとらなかった。

逆に座敷に上げて、かれのお点前で茶を点ててくれた。

以来、鉄太郎は時々茶に呼ばれ、また自分からも訊ねて行く間柄になったのだ。

四

「……二人の傷の具合はどうなんで？」

と鉄太郎は咳払いし、声を低めて問うた。

すると手塚医師は頷いて、懐から一枚の紙を取り出した。そこには、刀傷の長さ深さを細かく記録してある。

「これがその書き付けです。ええ、私が書いたものでね。奥方は懐剣、息子殿は脇差しを使ってますが、ためらい傷が多いところを見ると、どうも覚悟がいまひとつで……」

と良仙は説明した。

「特に奥方は刀に不馴れなせいか、相手の心の臓の辺りを、懐剣で三回突いています。だがそのどれも傷が浅く、急所が外《はず》れていた。おかげで利之助殿は死ねなかったんですな」

「ほう」

「そのため舌を嚙み切ろうとしたようだが、叶わず、刀で舌を斬った。ところがそれも浅手で、傷つけただけになり、おかげで一命を取りとめたというわけです」

それに比べ、元服もすんだ利之助は剣術の心得があった。

まずお貞の胸の辺りを最初に突き、相手が苦しむのを見て、顎の下辺りを斬ってトドメを刺しているという。

「なるほど」

鉄太郎は、その紙片を行灯の明かりにかざし、じっと見つめた。

利之助の負った傷は、臍《へそ》の横に長さ一寸、深さ一分弱の傷が三か所、右腕と胸の辺りにかすり傷がそれぞれ三か所……。

　ひきかえお貞の体には、臍の斜め上に長さ一寸深さ一分弱の傷。喉と耳下の間に、長さ二寸深さ三寸の傷が一か所。それが致命傷となったのだ。

「ちなみに利之助殿は、どこで剣術を習っておるんです？」

「ああ、藩の道場です。たしか北辰一刀流《ほくしんいっとうりゅう》じゃないですかね。千葉《ちば》の定吉《さだきち》先生が、出稽古しておられるから」

　定吉といえば千葉周作《しゅうさく》の弟で、兄にもまさる遣《つか》い手といわれ、日比谷《ひびや》の桶町に道場を開いている。

「しかし状況がどうであれ、〝相対死〟とすぐには断定出来んでしょう。もしそうであれば、とんでもないことになる」

　お菜でさえ小娘ながら、心中のおぞましさは知っていた。心中という言葉すら禁じられているほど、その罪は重いのである。

　遺骸は裸で打ち捨てられて晒しものにされ、遺族による弔《とむら》いは、一切禁じられる。不運にも片方が生き残れば、死罪。

　二人とも死に損なったら、両者とも非人《ひにん》の身分に落とされる。

　そんな恐ろしいことをするほど、この義理の母子は狂恋していたのか。鉄太郎の口ぶりには、言外にそんな疑問が滲んでいる。

「ああ、そのとおりですわ。しかし世間様が相対死と囃し立てるのも仕方ない。この母子は美男美女で仲睦まじく、これまでも何度かその仲が噂になっていたといいます」

「なるほど。しかし周囲がそこまで怪しんでいるのに、小曽根殿は気づかなかったんですかね」

「まあ、薄々感づいてはいたんじゃないですか。といって、すぐにお手討ちにするわけにもいかんのでしょう。忙しさに紛れて放置するうちに、事件が起きてしまった」

「……で、奥方の検死届けを、手塚先生がお書きになるってわけですな？」

先回りして鉄太郎が言った。

「そういうことです。それが、今日ここに伺った理由でしてね」

と手塚医師は頷いて、声を低めた。

「つまり奥方は私の治療を受けてから亡くなった、ということでね。藩への御届けは、お目付と連名で書くことになりましょう。そんなわけで、小曽根殿について、もうちょっと詳しい情報がほしいんですよ」

「なるほど。しかしこんなことがあっては、小曽根家はどうなりますか」

「まあ、息子利之助殿の〝乱心〟として主家《しゅか》に申し立て、穏便な処置を願い出るお心づもりでしょう。藩も、事を荒立てては面倒ですから、大体はそれで通るみたいです」

　いやしくも御留守居役の奥方が情痴事件、それも〝母子相姦〟などという猟奇事件を起こしては、五万石の小藩とはいえ、藩の体面にも関わるからである。

「小曽根家はうちの古いお得意だし、私としても、そこそこ手心を加えるつもりですがね。しかし……」

　手塚医師は首を傾げ、腕を組んだ。

「どうも少し解《げ》せない点があるんです。浮き世のことにはだらしないこの良仙も、そうそう、知らぬ顔の半兵衛《はんべえ》というわけにはいきませんよ」

「小曽根殿は何と……？」

「いえね、当の小曽根殿はまだ、何を訊ねても茫然自失の体《てい》なんですよ。自分が馬鹿だった、職務にばかり気をとられて省りみなかったのは不覚だった……と繰り返すばかりでして。もう少し具体的な事情を聞きませんと、どうもねえ」

「なるほど」

　鉄太郎は腕を組んだまま、じっと書き付けに見入っている。

「それも、初めは亭主殿に同情が集まっておったのに、今はその責任を問う声も、強まっていましてな。こんな事態になるまで、なぜ放置していたのか、と」

武家は、妻女が不義密通を犯せば、手討ちにすることが許されている。断固たる処置を取るべきだったが、それを怠ったのは武家として不甲斐《ふがい》ないと。

その一方で、〝あの亭主殿は衆道《しゅどう》の癖があり、美男の養子をめぐって、夫妻は三角関係にあった〟などという説まで、まことしやかに囁かれているという。

「いやはや、あの春風駘蕩《しゅんぷうたいとう》の御仁が、いきなり妻子に裏切られた上、こう非難ゴウゴウじゃ、立つ瀬がありませんや」

良仙は一息ついて、冷めた白湯を啜る。

「正直なところ、夫婦の仲ほど分からんものはない。愛妻に裏切られたといって、カッとして手討ちにする男ばかりじゃないんですな。うちみたいな雑駁《ざっぱく》な夫婦には、どうも理解を越えますわ。その点、お宅はご夫婦仲がよろしいから、私よりは……」

「いやいや、滅相もござらん」

鉄太郎は語気を強め、音をたてて白湯の残りを啜った。

「このような情痴事件は、おれみたいな野暮天《やぼてん》の出る幕じゃござらんよ」

「またまた」

良仙は思わず苦笑した。

かれ自身の好色ぶりも評判だったが、鉄太郎が自ら言う〝色道修行〟もひけをとらなかったのだ。

「いや、おれは承知の通り身辺が騒がしく、このところ小曽根殿とはとんとご無沙汰でしてねえ。ところでその肝心な、不審な点というのは何なんです？」

「そう、そこなんですが」

医師は急に声を潜め、何ごとか言ったが、低すぎて外のお菜には聞こえなかった。

それについてはあとで知ったが、良仙はこう言ったのである。

「ちと申し上げにくいが、奥方は身ごもっていた……」

「ほう？」

「そのことを今日、ここに来る前に、幾らか正気の戻った利之助殿に問いつめてみたんですがね。どうもまあ、舌の傷が癒えないことには喋れないし、頭もはっきりしないようだ。しかし、頷いたように私には見えた。たぶん知っていたと思いますよ」

「ちなみにその舌は、いつ治るんですか？」

「まあ、時間がかかるんで、しばらく真相は闇の中ですわ」

「安兵衛殿はどうなんです？」

「ええ、ひどく驚いておられたが……。ただ目付殿はどうも、気がついておらんようでね、奥方懐妊の事実は伏せておこうかと、迷っておるのです」

「だがいずれにしたところで、この騒動は、利之助殿の〝乱心〟としてケリがつくわけでしょう。であれば、どちらでも構わんのじゃないですか」

「そうなればいいんだが……」

と手塚医師は手を振った。

「実は、ことはそう単純ではないのです。亭主殿から何とか〝穏便に頼む〟と内密に泣きつかれておりましてね。というのも、小曽根殿は藩邸内部でいま、孤立した立場にあるんだそうです」

小曽根安兵衛は、長らく藩主の寵を受け、難しい御留守居役を卒《そつ》なくこなしてきた。しかし交際費をふんだんに使い、乏しい藩の財政を省みないやり方は、国元の家老や勘定方に大きな反発を買っているという。

そんな家老の息のかかった藩士が、すでにこの藩邸にも送り込まれている。安兵衛の些細な失点を見つけて上奏し、御留守居役から引きずり下ろそうと、虎視《こし》眈々《たんたん》と狙っているという。

奥方の不義密通による相対死などと藩に伝われば、かれが失脚するどころか、小曽根家はお取り潰しとなろう。

「しかし、手塚さん、そんな噂はもう疾《と》うに伝わってますよ」

「いや、それはいいのです。世間の噂など、証拠にはならんのだから。書面上に不審点や矛盾点がなければ、口の出しようがない」

妊娠を明らかにしたとして、もし腹の子の父が安兵衛であれば、横恋慕する利之助の〝乱心〟は筋が通る。

だが子の父親が利之助だった場合、これは奥方が仕組んだ無理心中の疑いも考えられる。

「これまでお子に縁のなかったご亭主殿が、いまになって急に……と、私はどうもそこまで考えて、診断が下せなくなってしまってねえ。まあ、やはり、何も記さずにおくのがいいんですが。しかしぶっちゃけて言えば診断はどうでもいい、医師として、私は見極めたいんですよ。真相は奈辺《なへん》にあったのかと」

「なるほど」

鉄太郎は腕を組んで、考え込むように言った。

「ところで不審点は、他にもありますか」

「ああ、大したことじゃないがもう一つ。この刀傷ですが、それについて私は専門家じゃない。刀のことはやはり、鉄さんのご意見をぜひ伺いたいと思って……」

その時、庭に忍びやかな足音がして、誰か来たようだった。

すぐに勝手口の戸が開く音がして、話し声が聞こえた。その声は鉄太郎のすぐ下の弟金五郎だった。

かれはいま旗本酒井《さかい》家の養子になっており、兄ほどではないが体格も逞しく、なかなかの剣の遣い手に成長していた。

「金五郎か？」

弟の来訪に気づいた鉄太郎は、座ったまま声をかけた。

「はい、兄上」

「そこに菜坊がいるだろう？　来たばかりですまんのだが、あじさい亭まで送ってやってくれんか。夜道は暗いから、お前が来るまで待たしていたんだ」

「はい、兄上」

「それと、菜坊、悪いが明日の午前に、もう一度来てくれんかな。ちょっと頼みたいことがある」

分かりました……と台所土間から二人の挨拶の声がして、ガタガタと足音が出て行った。

その音が消えるまで腕組みしてじっと聞いてから、鉄太郎はおもむろに良仙に向き直った。

「小曽根家の存亡の危機であれば、ここはぜひ穏便に切り抜けて頂きたい。おれもお役に立ちたいが、いかんせんこの立場じゃ何も出来ん……。それに、変に突っつくとやぶ蛇で、逆に当家の秘事を暴くことにもなりかねん」

「その通りです」

「ただ、このおれも、このままじゃ収まらんですよ。もし二、三確かめられれば……それが可能であれば、当面の疑問は解消出来そうだが、余裕は何日ありますか」

「いや、届けの方は、あと一両日は大丈夫です。それまでになんとかなれば有り難いですが……」

と良仙はほっとしたように言った。

「それまで、この書き付けはここに預けていきますよ」

手塚医師が帰ってから、鉄太郎は書見台に向かって、しばらく考え込んでいた。

あの小曽根安兵衛が、かれは好きだった。

野武士のごとき鉄太郎とは、容貌も性格も正反対である。

〝春風駘蕩〟といみじくも手塚医師が形容したように、飄々としたところがかれにはあった。

それに加えておっとりした公家顔と、穏やかな性分だから、難しい交渉事をまとめるには、うってつけの人物だ。

あの柔らかな空気の中で茶をもてなされると、浮き世の厳しさが茶に溶けて行くような気分になる。

城主の寵を得ているのも、同じ理由からだろう。

もっともそんな穏やか一方の人間では、第一線で御留守居役をつとめられるはずもない。あの暗い路地で自分らを救ってくれた機転。あんないかがわしい茶屋に、平然と出入りしている度胸……。

そんな断片を考え合わせると、なかなかの人物とも思えるのだった。

夜が更けて、深い静寂に山岡邸が包まれる時分、かれはおもむろに文机に向かって筆を執り、書状を二通ほど認《したた》めた。

五

翌日の午前——。

山岡屋敷を出たお菜は、緑に包まれた鷹匠町をずんずん抜けて、三百坂下通りへと下って行く。

初夏の太陽が頭上にあって、すぐに汗ばんだ。

さらに松平播磨守《まつだいらはりまのかみ》様の広大な屋敷横を右に見て、早足で坂を下り、武家屋敷の並ぶ静かな道に入って行く。

そこを抜けると、下から涼しい風が渡ってきた。ゆるやかな坂の下には、西から流れ下る千川《せんかわ》の清らかな川面が、陽にキラキラと輝いていた。

お菜は、そこに架かる祇園橋《ぎおんばし》の手前で立ち止まった。

この川べりの低地一帯は、〝播磨たんぼ〟と呼ばれる田んぼが、青々と広がっている。振り返ると、小石川台地が陽に輝いて小山のように見えた。

お菜は橋を渡らずに左に折れ、川べりの細い道を上流に向かって歩き始める。

「菜坊、何度聞いても忘れちまうんだが、今年で十四になるんだっけ？」

先ほど山岡宅を訪ねて鉄太郎に会うや、のっけからそう訊かれた。お菜がこっくりと頷くと
「そうか、早いもんだな。いつまでも十かそこらの小娘しか頭にないが、もうそろそろ大人だな」

と髭ぼうぼうの顔で、晴朗に笑った。

言われてお菜自身も、少し驚いた。つい最近まで自分のことを小娘と思っていたし、鉄太郎を〝おじさん〟と呼んでいたが、気がつくとこの頃は半ば照れて、〝師匠〟と呼ぶこともあるのだった。

「ところで大人と見込んで、少々頼みたいことがある。これから或る者に会って、話を聞いて来てほしい。ただし断られるかもしれんし、難しい大人の話を聞かされるかもしれん。だから今なら、断ってくれていいぞ」

「いえ……行かせてください」

とお菜は言った。

かれは頷き、大きな目玉を剝いて、お菜を見た。

「菜坊は、猫股橋《ねこまたばし》を知ってるかい?」

「はい、よく知ってます」

猫股橋は、祇園橋の上流に架かる沈下《ちんか》橋である。

その両岸の湿地には、樹木や水草が鬱蒼と茂っており、猫股なる化け物が出ると言われるほど、淋しい所だった。

だが魚釣りが楽しめるし、夏には螢《ほたる》が美しく飛びかって、近場の住人にとっては螢狩りの名所になっていた。

お菜も父の徳蔵《とくぞう》に連れられて川魚を釣りに行くし、近所の遊び仲間に誘われて、螢狩りや、時には肝試《きもだめ》しにも行く所だ。

「それは良かった」

鉄太郎はほっとしたようだ。

「いや、あの橋は渡らねえ。行って貰うのはその手前だ。川の左岸はなだらかな畑になっていて、そのどこかに掘っ立て小屋があるはずだ……。たぶん小屋の前には畑や花壇があるから、すぐ分かる。そこに住んでる勘助《かんすけ》という男に会って、手紙を手渡してほしい。年の頃は、うーん、たぶん三十半ばかな。今は珍しい、一心流鎖鎌術《いっしんりゅうくさりがまじゅつ》の名手だよ」

勘助は、小曽根家の庭師だという。

数年前までは屋敷に住み込み、庭全体の手入れを任されていたが、偏屈で人に馴染《なじ》まないため、奥方のお貞に疎《うと》まれたという。

やむなく屋敷を出て、この河川敷《かせんじき》に住むようになった。

今は、茶室を囲む茶庭の手入れと、茶室の水屋（台所）の裏方ををつとめている。

茶会がある時は、茶室を浄《きよ》めて炉に火を熾《おこ》し、万端整えておくのだ。

「いや、使いとは、その者にこれを読んでもらうだけのことだ。ただ、その場で返事を聞いてほしい」

そう言われて、一通の書状を渡された。

「もしお留守だったら？」

「留守で会えなかったら、帰って来い。返事は夕刻でいい」

遠くに見えていた猫股橋が近づいてくると、光溢れるのどかな田園に焚き火の煙がたなびき、その匂いが濃くなってくる。

左の斜面に、お菜は目を凝らした。

人影はどこにも見えないが、低い灌木の茂みに囲まれて、今にも潰れそうな小屋が見つかったのだ。

その辺りから煙がうっすらと、たなびいてくるようだ。

小屋の前の畑には青々と野菜が育っており、どうやらあれが勘助の家だと確信して、お菜は畑中の道に入った。

その入り口の所に、真っ白な芍薬《しゃくやく》の花の茂みがあった。

こんなにまで白い芍薬があるのかと、その美しさに思わず足を止め見とれていると、遠くでワンワン……と犬の吠える声がした。

それがだんだん近くなる。

そして畑のどこかから大きな白い犬が飛び出して来て、歯をむき出して吠えかかったのである。

「シッシッ、あっちへお行き。あたしは怪しい者じゃない」

言いながら踏み出すと、飛びかかからんばかりに吠え狂う。

「誰かいませんかあ？」

お菜は立ち往生し、思わず叫んだ。

すると思いがけなく近くの茂みから、ヌッと誰かが立ち上がった。

背の低い、少し腰が曲がった老人で、薄汚れた手拭いで頬かむりをし、その上に菅笠《すげがさ》を深く被って、顔はよく見えない。手には草刈り鎌を下げている。

「すいません、勘助様に会いに来たんだけど、この犬が邪魔して進めないんです」

とお菜は額に滲む汗を、手の甲で拭いながら訴えた。

もしかしたら老人は勘助の下男であろうと思われたが、何とも言わずに突っ立って、笠の下の闇からお菜を凝視している。

「ああ、あたし、菜といいます。勘助様はあそこに住んでおいでですか？」

説明する最中も、犬はうるさく吠えたてる。

（シッ、あっちへおいで、何て分からず屋のバカ犬なの）

「あの……この犬を何とかしてくれませんか」

再び訴えると、男は手拭いの端っこで首の汗を拭って、ピュッと口笛を吹いた。犬はすぐに尻尾を振って、そのそばに駆け寄っていく。

「ここにゃ勘助はいねえよ」

男はぶっきらぼうに言うと、背を向けて藪の方へ歩きだす。

「あれ、ちょっと待ってください」

お菜は追いすがった。

「あの家は、勘助様の家じゃないんですか？」

「あそこには誰もおらん。去《い》ね」

「では伝えてください、あたし、山岡鉄太郎様から、文《ふみ》を預かってきたんです」

「…………」

一瞬男は立ち止まり、やおら振り返って言った。

「その手紙、わしが預かる」

「あ、それは出来ません。ご本人に手渡さなくちゃ」

「わしが本人だ」

「…………」

　お菜は目をみはった。

　勘助は鎖鎌を扱う、三十五、六の精悍な庭師ではないのか。この人は六十くらいの、腰の曲がった、垢染《あかじ》みた老人ではないか。

（嘘だ、別人だ）

　そう思ったとたん、どっと冷や汗が吹き出した。

　こんな人けのない畑の真ん中で、こんな草刈り鎌を持った男に襲われては、逃げようがない。

　手紙を催促するように、相手は土に汚れた手を差し出した。

「しかとこの勘助に手渡せばいい」

　だが目を見開いたまま固まっているお菜を見て、勘助を名乗る男は菅笠を脱ぎ、頬かむりの手拭いを取った。

　下から現れた顔は真っ黒に日焼けし、頬骨が高くごつごつして険《けわ》しかった。野武士めいて高く結った髷は黒々としており、片方の目に黒い眼帯、もう片方の目は鋭い光を放ちつつも澄んでいる。

　とても六十老人とは見えない勢いが漲《みなぎ》っていた。

腰が曲がっていると見えたのは、背中の肉が少し盛り上がっているせいだ。お菜はすぐにこの人が勘助本人だと信じ、書状を懐から出して手渡した。

「お返事を聞いて来いと言いつかりました」

「…………」

勘助は無言で頷いて、噎《む》せるような草の匂いの中に立ったまま、その場で手紙を読んだ。

六

強い陽ざしの下から薄暗い小屋に入ると、目の前が緑色に渦巻いた。目が馴れてくると、天井から一面に薬草が吊り下がっているのが分かる。室内は薬草の匂いで噎せかえっていた。

導かれるまま入ってすぐの上がり框にお菜は腰を下ろし、勘助は土間に積み上げられた薪《まき》に腰掛けた。

「山岡様は閉門と聞いておるが……」

と言いよどんでいたが、やがて低い声で問うた。

「どうしていなさるか」

お菜は正直に今の様子を話してから、言った。

「小曽根様のこと、とても心配しておられます」

「ふむ……山岡様は、お館様の縁でよく存じあげておる、鎖鎌術で手合わせしたこともある。凄い剣だった」

鉄太郎は、武術の心得がある者なら、通りすがりの者でもご用聞きでも、相手構わず手合わせを願い出るので有名だった。

「この書状には、〝小曽根殿の友人として、出来るだけの助力をしたい。近習の話では、あの晩、貴下は小曽根殿のそばにいたそうだ。事件現場は見ただろうから、ありのまま、この使いの娘に話してほしい。どんな話であれ、外に漏れることはない……〟とある」

勘助はお菜を見て、また低い声で言った。

「あのお方に請《こ》われては、正直に申し上げるしかない。もっとも手前が見たのはほんの一瞬で、たいして参考にはならんと思うが」

あの夜、勘助は河川敷には帰らなかったという。

翌日に安兵衛主催の茶会などがある時は、専用の番小屋に泊まることが多いのだ。

その夜も勘助はそこにいて、安兵衛が帰るのを待っていた。お館様の就寝前に縁側の外まで行き、板戸ごしに声をかけ、明日の御用を伺う……それは以前からの習慣だった。

あの晩も安兵衛の帰宅を確かめて四つ（十時）過ぎにそのようにすると、意外にも当主が縁側に立っていて、勘助を見るや無言で茶室に導いた。

そこで勘助は、血まみれの惨劇を見たのである。

二人はまだ息があって、それぞれに呻《うめ》き苦しんでいた。二人とも普段着のままで、遺書もなく、覚悟の心中とは見えなかった。

「母と子で夜の茶を喫していて、衝動的に刺し違えたものだろう」

と安兵衛はそばから言った。だが、そこに茶道具は何も出ていない。かれもそれに気づいていたようだ。

「小姓を手塚診療所に走らせたから、もうすぐ良仙殿が来る。急ぎここに茶道具を出すように」

と冷静に言った。

母と子がただ茶を喫していて、突発的に事件が起こった……としたいのだろう。そう心得た勘助は、大急ぎで、いかにも茶会の途中らしく整《ととの》えた。

「……それからすぐに医者が来たので、わしはその場を離れた」

言い終えて勘助は、その片目で眩《まぶ》しげにお菜を見た。

「あんた、お菜というんだったかな。山岡様に会ったら、今話したように伝えてもらいたい」


お菜は小屋を出てから、日盛りの畑の道を戻り、いったんあじさい亭に戻った。あまりに汗になったからで、徳蔵には事情をすべて話し、閉店のあとに夕闇に紛れて山岡屋敷に出向いたのである。

お英に座敷に導かれてみて驚いた。そこには、昨日会ったばかりの手塚良仙が座っていたのだ。

「菜坊、ぶじ戻ってきたな。ご苦労だった。で、返事はもらえたか？」

と鉄太郎がねぎらうように訊く。

「はい」

「よしよし、今日はなかなか運の良い日だ。朝届けてもらった手紙の返事が、今日中に揃ったんだから。手塚先生には、少しばかり訊きたいことがあったんで、こちらからお呼びした」

鉄太郎は機嫌良く、言った。

「さあ、菜坊、そんな端っこにおらんで、こちらに座れ。まずは返事を聞かせてもらいたい」

「それが、あの……」

とかれの前に畏《かしこ》まったお菜は、ペコリと頭を下げた。

「勘助様には会えたけど、あまり長くは話してもらえなくて……」

「そんなことは、ハナっから承知だ。さあさあ、早いとこ首尾を聞かせてもらいてえ」

お菜は頷いて、薬草の匂う小屋で聞いた話をすべて伝えた。

じっと聞いていた鉄太郎は、聞き終えて手を叩いた。

「よしよし、上首尾《じょうしゅび》だ。それでいいんだよ」

「…………」

お菜は半信半疑で、かれを見返す。

風が変わったのか、縁側に置かれた蚊遣り火の煙が、座敷内に流れ込んでいた。

「確かめたかったのは、あの晩、勘助が果たして現場にいたかどうかだ。あれは庭師というが、実際は密偵といっていい。何か訊かれて、ハイ、こうですと、正直に答えるわけがねえのさ。現場にいたかと問えば、いなかったと答えよう。だから、いたのはすでに周知の事実として、あえて別のことを訊いてみたのだ」

「でも、お小姓が見たんじゃないのですか」

「誰もあの者を見ておらん」

「ではなぜ、勘助さんがお屋敷にいたと？」

　お菜は狐につままれたような顔で訊く。

「そんなものは、山カンだよ」

　かれは無造作に言った。

「安兵衛殿は、何かあったら真っ先に勘助を呼ぶんだ。あの夜も呼んだはずだ。何せ密偵だからね。だが、今は藩邸の外に住んでいて、毎日のおつとめではない。そこで果たして、自分の想像通りだったかどうか、確かめたかったんだ」

「…………」

「めったに人前に姿を見せないあの勘助を、藪の中から引き出したのは、菜坊のお手柄だ。可愛い娘が、犬に嚙まれそうになったんで、這い出て来たんだ。さあて菜坊、ご苦労だった。これでお役目ご免だよ」

するとお菜が遠慮がちに言った。

「あの、もう少しここにいてもいいですか？　もう子どもじゃないんだし」

「え、うーん、そうだなあ」

苦笑してかれは座を見回した。

その場には、初め良仙しかいなかったのだが、途中でいつの間にか、隣家の高橋謙三郎が興味深げに座に加わっていた。

次に盆に白湯を載せて運んできたお英が、そのまま坐り込んで聞いている。

「よかろう」

と機嫌よくかれが言い、お菜はほっとした顔になった。

「菜坊のおかげで、謎が解けたんだからな」

「解けましたか？」

良仙がすかさず問う。

「……かどうか、ひとまず、説明させてもらいます」

と鉄太郎が首をひねりつつ、言った。

「おれの手元には、三つの情報が集まっておる」

その一つが、今朝手紙を出した、伝通院塔頭の和尚からの返信である。この和尚は、お貞に茶の点前《てまえ》を教える一方で、安兵衛とも茶の付き合いがあり、二人を結びつけた本人だった。

その返信を、鉄太郎は少し端折《はしょ》りつつ、読みあげた。

〝……このような事態になる前に、自分が何か出来ることはなかったかと、諸行無常を感じている。

お貞は心根《こころね》の優しい女だが、婚期が遅れたのは、艶聞が絶えなかったからだ。その点、安兵衛殿は年が離れており、人格円満であるから、後妻に入ればうまくいくと信じていた。

しかし二、三年たつうち、他聞を憚《はばか》る噂が耳に届くようになり、茶事にことよせて、諫めたこともあった。

聞いたところでは、小曽根家の庭師が屋敷を出たのも、庭の四阿《あずまや》で、お貞と間男《まおとこ》の密会現場を見てしまったためだとか。

安兵衛殿はこの不身持ちに悩まされ続けながらも、妻女を大事に扱ってきた。それがこんな結末に至ってしまったことに、お詫びを申し上げる……。〟

「ここで確かめられたのは、奥方が、艶聞多き情熱的な女性だったという一点です。

さて、二つめの情報は、昨日、手塚先生が持ってきてくれたこの書き付けなんだが……」

とあの刀傷の記録を取り出した。

「実は今日また、先生にわざわざお越し願ったのは、他でもない。昨日ははっきり語らなかった、もう一つの不審点について訊きたかったからです」

昨日かれは、剣の遣い手である鉄太郎への遠慮もあって、幾つかあるという疑問のうち、一つしか上げなかったのだ。

「この記録を見る限り、トドメの一刀は見事に急所を突いております。これは相当腕の立つ達人のしわざ、とおれは見た。しかし利之助はまだ十七歳。自分のその頃を考えても、十七歳はまだ木剣を振り回すばかりのヘナチョコです。その坊やがこんな修《しゅ》羅《ら》場《ば》に、こんなに冷静に対処など出来るものなのか……」

鉄太郎は、人を斬ったことは一度もない。

だが木刀で、真剣の相手と立ち合った事は何度もある。その豊かな経験から、初めて真剣で人を斬る者は、動転し、剣尖が目標を外すのが普通だと知っている……。

「そこで千葉定吉先生をわずらわせ、少々問い合わせたのです。これがその返事です」

かれはその手紙をかざして見せた。

「これが三つめの情報です。定吉先生は藩の道場に、出稽古に通っておいでだ。利之助殿については、師範代に話を聞き、ただちに次のように返事を書き送ってくだされた」

〝……お申し越しの小曽根利之助の儀、不幸な事態に巻き込まれつつも、一命を取り留めたことを吉としている。

当人の日頃の行状は礼儀正しく、好ましい若者と心得る。ただ有り体《あてい》に申して、剣については筋が良いとは申しかね、当道場の授ける段位も、未だ得られていない。ちなみに竹刀《しない》、木刀による稽古だけで、真剣を使った経験は未だない。〟

「ここで分かったのは、利之助殿の腕では、これだけのトドメは無理だということだ。さらにもうひとつ……」

と鉄太郎は話を進める。

「おれは今日、こちらの売れっ子で忙しい先生に、畏れ多くもあることを頼んだのです。ある者に会って、確かめてきてほしいと。それは他でもない、安兵衛殿の小姓です。あの夜、主人のすぐあとに茶室に入った重要な人物であり、すぐ手塚先生を呼びに走ったのもこの小姓だった」

「その通り」

良仙は大きく頷いて、そのあとを引き取った。

「私を呼びに来た時、その小姓は、〝奥方も養子殿も、生きている〟と言った。そのことを先ほど私は、改めて小姓の口から確認してきたわけです。奥方は苦しみながらも、利之助殿の名を呼んでいたと……」

その様を思い出してか、ちょっと口を噤んだ。

「しかし現場に駆けつけた時は、奥方は事切れて冷たくなっていた。いや、こんなことは特に珍しくないですよ。元気そうに言葉を交わしておっても、医者が駆けつけた時は呼吸が止まっていた例は、ざらにあります。ただ傷を調べてみて、私は思ったんですよ。この首の傷では、ほぼ即死じゃなかったろうかと……。そこでその時、漠然と疑念が沸いたわけです。その利之助なる若者に、こんなトドメができるかと……」

「それは当然の疑問と思いますな」

と、それまでじっと聞き入っていた槍術《そうじゅつ》宗家で義兄の高橋謙三郎が、初めて口を挟んだ。

「しかし人間は妙な生き物で、武芸の現場……すなわち生き死にの境には、不思議なことがいろいろ起こる。火急の際には、思わぬ力が発揮されることもある。例えば、見えるはずのねえ物が見えたり、普段は持てねえ荷物を持ち上げたり……。そんな奇跡は、ここでは考えられませんかね？」

「ああ、火事場の馬鹿力ってのは、もちろんあり得ますよ。ただ、技《わざ》の無い者が、修羅場で急に技を発揮出来るものかどうか……。武術に明るくないんで、生死の境の修羅場を私は知らんのです。そこで、その点に精通していなさる鉄さんに、判断を伺おうという次第でして……」

皆の視線は鉄太郎に集まった。

「いや、おれも、そう場数は踏んでるわけじゃない。ただ、まあ仮に、相手に負わせた傷の見事さは、利之助の火事場の馬鹿力だったとしましょう。としても、この書き付けを見た時から、疑問に思ったことが一つある。この舌の傷は、やはり不自然ではないかと。こんな修羅場じゃ手が震えて、唇や舌を斬っちまうのがオチです。ところがこれは、見事な掠り傷になっている……。これも火事場の馬鹿力と考えてもいいのか」

と鉄太郎は腕を組み直した。

「もう一つの可能性が、考えられんものだろうか。小姓が部屋を飛び出してから、手塚医師が到着するまでは、四半刻（三十分）と少しだったという。その間に、誰かが現場に入ったという可能性だ。それが確かめられれば、利之助の〝馬鹿力〟説より、説得力がありはしないか……」

かれは傷の記録を見た時から、第三者の影を思い浮かべたという。お菜が聞いてきた話は、それを裏付けるものだった。

七

鉄太郎は次のように、全体を想像したという。

〝……茶室に一歩踏み込んで、安兵衛はのけぞった。

生々しい血の匂いが鼻を覆った。

部屋の隅に置かれた行灯の明かりの中で、妻のお貞と息子利之助が苦しげに呻きもがいていたのである。

お貞の日頃の様子から、勘の鋭い安兵衛はすでに、その懐妊を疑っていた。自身に身に覚えがない以上、相手は利之助と考えるしかない。

お貞がここに息子を呼んだのは、その秘密を打ち明けるためではなかったか、ととっさに思った。

だがお貞はそれを話すうち、ことの恐ろしさに我を忘れた。

このまま生きるのはつらいから、ことが発覚しないうちに一緒に死のうと持ちかけた。こんなこともあろうかと懐に忍ばせてきた懐剣を抜き、驚愕のあまり腰をぬかしている利之助に脇差しを持たせ、胸を突かせた……。

安兵衛はそう想像した。

瞬間的に察したのは、どうやら二人の傷は致命傷ではないことだった。互いが刺し合ったであろう傷は、ツボを外れ、奥方も息子も苦しさにもがいていた。すぐ手当すれば助かるであろう、と。

「どうされました？」

とその時、不審に思って追いかけてきた小姓が、背後から顔を出した。茶室の中を見て、ワッと声を上げた。

「騒ぐな」

と安兵衛は一喝した。

「まだ間に合うかもしれん。すぐに手塚先生を呼んでくるのだ。ただし、誰にも漏らすでないぞ」

冷静にそう指示した安兵衛は、小姓が飛び出して行くのを見送って、自分も部屋に戻った。

胸にすでに一つの考えが兆《きざ》していた。

明日茶会があるから、勘助が泊まっていよう。自分が帰るとすぐに、必ず、御用はないかと訊きに来るはず。そう思って部屋の外に出てみると、案の定、板戸の外から声がした。

「すぐ茶室に行け」

と安兵衛は板戸ごしに指示し、自らも今来たばかりの廊下を急がずにゆっくり戻った。

茶室に着いた時、勘助は入り口で立ち尽くしていた。

「手塚先生がもうすぐ来る。それまでに茶の道具を出して、茶会らしく整えるんだ。二人はここで、茶の点前を楽しんでいたと……」

かれはそう命じた。

「心得ました」

と勘助は言い、その片目で鋭く主人を見た。

「それから、いかがしましょう?」

「それから……若い利之助が乱心し、刀で母親を突いた」

「はい……それで？」

「その刀傷が、母親の致命傷となった……と」

主従は暗黙の目配せをした。

「あとは任す」

言い残して安兵衛は部屋を出て行った。

勘助は転がっていた脇差しを取り上げ、そのままお貞のそばにしゃがみ、首の急所めがけて振り下ろした。

お貞の断末魔の声に、利之助が勘助の足を摑んだ。何か訴えるように、その目は血と涙で真っ赤だった。

「むろんお助けしますよ、若様。ただ当分、何も喋りなさるな」

低く言うや、利之助の口をこじあけて舌をつかみ出し、刀の歯先で舌の先を軽く斬った……〟。

あの夜に何があったかを、鉄太郎はこのように思い描き、皆に聞かせてみたのである。

皆は青ざめた顔を見合わせ、しばらく言葉がなかった。

座敷の中がひどく蒸し暑く感じられた。それを察してお英が席を立って、縁側の戸をさらに開いた。

草の匂いのする涼しい夜気が流れ込んできたところで、冷めた白湯を注いで回り、皆は黙ってそれを啜った。

しばらくして良仙が口を開いた。

「……いや、参考になりました。やはりどうみても、これは奥方から先に仕掛けた無理心中ですな。利之助殿の言い分を聞けたら、おそらく正当防衛と言うでしょう」

鉄太郎は頷いて言った。

「しかしそうであれば、大変なことになる。やはり、〝利之助乱心〟でいくしかねえでしょう。舌を斬られたのは気の毒だが、まあ、義母と通じて懐妊させたとあれば、口封じだけですんで良かったんじゃねえかな」

「そうそう。身から出た錆《さび》というもんでね。うかうか女に近づくのは恐ろしいものだと、利之助坊やも少しは懲りたでしょう」

と良仙は言った。

「しかし、妻の不義を知りながら、手討ちには出来なかった安兵衛殿は、〝不甲斐ない武家〟として世間の非難を浴びますな……。方々はいかが断じるか知りませんが、それが安兵衛殿への重い処罰になるでしょう。私などは、どうも身につまされてなりませんね」

「ふーむ」

鉄太郎は微《かす》かに吐息を漏らしたきり、沈黙した。

安兵衛は最後まで、それで通すつもりであろう。

だが自分なりの方法で妻子に厳しい懲罰を加えた心境は、いかがなものだったのか。

その胸中を思うと暗澹《あんたん》たる気分に襲われる。

罪は罪としても、かれには安兵衛を断罪したり非難する言葉など、一つも浮かばなかった。

かれは言った。

「おれも手塚先生とほぼ同感ですな。ここはどうか穏便に……と頼むしかありませんせん」

「やはり懐妊の一件は、伏せますかね」

二人は共犯者めいて頷き合った。良仙はこれでようやく、虚偽の報告を出すお墨付きを得たようだった。

翌日、良仙は報告書を書いて提出し、やがて藩から〝利之助乱心〟の沙汰が下されたのである。

あとになってお菜が聞いた話だが、それから一月《ひとつき》ほどたった暑い日の夕方、ある客人がひっそりと山岡邸に忍んで来たという。

小曽根安兵衛だった。

かれは身内の醜聞の責任を問われ、国元から帰国を命じられた。これを機会に、現役を退いて隠居するというのである。ただし小曽根家は甥《おい》が継いで、存続すると。

「山岡殿には、いろいろと世話になりましたな」

とかれは良仙から事情を聞き及んでいただろうが、ごく淡々と挨拶しただけで、くだくだしくは語らなかった。

「ついては、勘助はあの小屋に残るそうだから、今後もよろしく頼みます」

と只一つ、勘助のことを託しただけだった。

鉄太郎は頷きながらそれを聞いた。そして、神棚にある手塚医師差し入れの御酒を思い出したのである。

あの名医のことだ、酒の診断も間違うまい。自分らが呑む安酒と違って、高級な銘酒だろう。

そう思ってすぐに棚からおろした。

大ぶりの茶碗をお英に二つ持ってこさせ、まずはなみなみ注いで安兵衛にふるまい、自分も呑んだ。

だが風通しの悪い部屋の神棚に置きっ放しにしたせいか、あるいは安兵衛を前にして呑むせいなのか、せっかくの酒が、かれにはいささか風味が落ちて感じられた。

「しばらくぶりの酒ですが、小曽根殿が江戸を去ると聞いたあとでは、少々苦く感じられますなあ」

と鉄太郎は呟いた。

妻女を失い、傷がまだ完全には癒えない子息を伴っての安兵衛の帰郷を思えば、酒が旨いわけはなかろう。

だが意外にも安兵衛は、にこりと微笑《ほほえ》んだ。

「いやいや、そんなことはござらぬよ、山岡殿」

と旨そうにさらに一口啜る。いつもは頬だけが赤いのだが、今は全体にほんのりと赤らんでいる。

「これは旨い酒です」

とかれは繰り返した。

「なかなかの美酒ですよ。それに、この先の、心安らかな暮らしに思い致せば、ははは、今まで呑んでおった酒より、はるかに旨く感じられますな」

それを聞いて鉄太郎はつい破顔し、徳利を掲げた。

ちょっとやそっとの酒では酔うはずのないかれが、まるで大酔した時のように何度も首を振って頷いた。

「小曽根殿の心安らかな暮らしのために……」

と客人の茶碗を酒で満たす。

すると次は安兵衛が徳利をとり、相手の茶碗に注ぎ返した。

「鬼鉄殿に、自由が戻る日のために」

それから二人は、名残《なごり》を惜しむように呑みつつ、いつぞやの無銭飲食を救ってもらった時の話に及んで盛り上がった。

軒先で風のうなる、むし暑い夜だった。

第二話　蝦夷地《えぞち》の野ばら

一

長い雨が上がると、夏空が広がっていた。

あちこちの崖から滲みだす水は止まって、崖下の〝あじさい亭〟の前には、〝どぜうの天ぷら〟の看板が出されている。

昨年は猛暑で、江戸下町にコレラが大流行した。

そのおかげで町には、夏の到来を恐れる気分が蔓延《まんえん》している。そんな弱気を吹き飛ばそうと、徳蔵は精のつく〝どぜう料理〟を始めることにしたのだ。

文久三年（一八六三）六月初め、気の早い蟬《せみ》がジイジイと鳴き始めていた。

久しぶりの晴天にお菜は心も軽く、せっせと溜まっていた衣類を洗濯しては、裏の物干竿を満艦飾《まんかんしょく》にした。

「お菜、お菜……」

徳蔵の呼ぶ声がしたのは、ちょうど干し物を終え、戻ろうとした時である。すぐに台所の土間を小走りで抜け、店に顔を出した。

「なあに、お父っつあん……」

言いかけて口を噤む。

入れ込みの上がり框に、若い女が座っていたからだ。

「ああ、お菜、こちらおしづさんという。人を捜していなさるそうだ。話を聞いてあげなさい」

揚げ物の最中だった徳蔵は、ほっとしたように言い、また箸を動かし始める。〝どぜう〟を揚げるのは、いささか集中のいる仕事である。酒で眠らせられていたのが、熱い油に目を覚まし、跳ね上がって飛び出すことがあるからだった。

「はい」

と頷いたお菜は、おしづという女をさりげなく観察した。

ほっそりしていて、見たところ二十歳前後か。

青灰色の江戸小紋とえび茶色の帯、つぶし島田、それに掛ける結綿《ゆいわた》もえび茶色……

と、年の割には、ことさら地味に装っているように見える。

顔色がひどく悪く、青ざめて、頬もこけていた。どこか具合が悪そうで、病床から抜け出して来たように見える。

だがお菜を見る目元は涼しく、唇はふっくらして形がいい。

その島田髷や、品のいい身なりからして、商家の娘……それも大店《おおだな》の娘であろうと、お菜は考えた。ただそれにしては、お付きの女中を連れていないのは不用心だ。

「捜していなさるのは、うちのお客らしいんだ。ええと、年のころ十六、七のひょろりとした若者だそうだが。お前に、誰か心当たりがあるかい」

徳蔵が言う。

「十六、七のひょろりとした若者……」

お菜は繰り返し、徳蔵と目を見合わせた。

この店の客でその風体《ふうてい》の若者といえば、一人思い当たる。

呑み客ではなく、親に言い付かって総菜を買いにくる少年である。

（新《しん》ちゃんしかいない）

とお菜は思った。

徳蔵もたぶんその新吉《しんきち》と思っていようが、すぐに口にしないのは、かれ流の慎重さからだと、お菜は理解した。

どこまで女の話を信じていいか分からないからだ。うっかり教えて、つきまとわれでもしたら恨まれるだろう。

そう思ったお菜は、

「ここらに住んでる方ですか？」

とさりげなく話しかけてみた。

相手は首を傾げ、少し考えるように沈黙し、何か呟いてすぐ微笑した。

「すみません、あたし、何も知らないんです」

「え……？」

「いえ、その方にお世話になったので、御礼を申し上げたいと……。でもお名前もお住まいも、何も教えて頂けなくて。ただ、どこへ行くとお会い出来るか問うてみたら、〝あじさい亭〟と言いなさったのです」

「ほう、それはまた」

話を聞いて、徳蔵は顔をくしゃくしゃにして笑った。

「いや、心当たりの客はいねえでもねえが、そいつは、まだ頼りねえ坊やでね、とてもこんな別嬪《べっぴん》に御礼を言われるような男じゃねえんでさ」

「あ、たぶんその方です。頼りない感じの方でしたから。いえ、実際は、とてもしっかりした方だったんですが」

とっさに言い直して、おしづは赤くなった。

「おそらく間違いありません。あたし、また来ますけど、いつ来れるか分からないので、とりあえずこれをお渡し頂けませんか」

とおしづは立ち上がり、横に置いてあった風呂敷包みに何かを添えて、徳蔵に渡そうとした。

「あ、こりゃァ預かれねえな」

上に乗っているのが、金子《きんす》の包みと察して徳蔵は慌てたようだ。

「どんな素性か分からん物は、本人に直接渡してもらいてえんですがね」

「いえ、これは素性のはっきりしてる物なんです。この風呂敷包みには、その方の着物を洗濯して入れてあるし、お金はその方に借りたものですから。ええ、少し利子を上乗せしましたけど」

「あれに、着物と金を借りたと？」

徳蔵はますます不審そうに、白いものの混じった眉をひそめた。

「それが本当だとすりゃ、どうも別人だね」

「いえ、本当なんです、その方に命を助けて頂いたんですから」

……言い合っているところへ、近所の左官屋の女房が、暖簾《のれん》を分けて入って来た。総菜を買いに来る常連である。

女房は興味ありげに、じろじろおしづを見ている。

「見馴れないお客だね」

などと独り言めいて呟くのを、徳蔵は聞こえないふりをしている。総菜の包みを受け取ってその女が出て行くと、

「まあ、おしづさんとやら、せっかく来なさったんだ、お預かりしますよ。中の着物もチラと見たかぎりじゃ、見覚えがないでもねえ……。ただ、万一ということもある。念のため、お住まいを伺っておこうかね」

と言った。

「住んでいるのは神田須田町《かんだすだちょう》です」

「神田須田町の……？」

するとおしづは口を閉ざし、少し首を傾げて言った。

「あの、あたし、やっぱりまた出直して参ります。明日か明後日にでも……。それまで預かってください。もし別人だったら、引き取りますから」

「ふむ、しかし、もう少しで現れると思うがね」

「あの……」

とお菜が口を挟んだ。

「あたし、その人に、明日と明後日の夕方、必ずここに寄るように言っておきます」

「あら、嬉しい。じゃ、お言葉に甘えてお願いします。ともかく二、三日中には必ず参りますから」

言っておしづは何度も頭を下げ、帰って行った。

「えっ、おしづ……さん？」

その日、暮六つ近くなって入ってきた新吉は、驚いたようにその凜々《りり》しい眉をひそめた。

まだ十五歳で、酒を呑みに来るような客ではない。

父親に先立たれ、母親が縫い物で生計《たつき》をたてており、息子の新吉も毎朝シジミを売っていた。

昼過ぎになると、上野黒門町《うえのくろもんちょう》の浅利又七郎《あさりまたしちろう》の道場に通って、剣術の稽古に打ち込んだ。その帰りがけ、あじさい亭に寄って、母親に頼まれた総菜を買って帰るのである。

「そんなひと、おれ、知りません」

どうやら隠しているわけでもないらしく、むしろ揶揄《からか》われたと思ったようだ。

「それより、どぜうの天ぷらと里芋の煮転がしをたのみます」

新吉はそっけなく首を振って言う。

「まあまあ、新坊、ともかくこの風呂敷包みを開けてみなって。お前さんの着物が入ェってるらしいぞ」

言われてかれは包みをほどき、中の着物を一目見るや、真っ赤になって息を呑んだ。

「ふーむ、やっぱり新坊だったか」

徳蔵は首を振って笑った。

「隅《すみ》におけんのう。子どもと思っておったら、とんでもねえ色男だ」

とそばで呑んでいた人相見の一州斎《いっしゅうさい》が、今度は本当に揶揄った。

「真面目な話、新坊よ。若い娘さんが、こんな所まで訪ねてくるたァ、よほどのことと思うがな」

徳蔵が改まって訊く。

「そうそう。見たところ眉がきれいで、鼻筋通り、黒目がち、髪の生え際が揃って富《ふ》士額《じびたい》……。これは悪い人相じゃねえぞ。賢くて、おきゃんで、やや一本気……運の強い娘さんに違えねえ。一体何があったんだ」

「そのとおりだ、新吉、男らしく白状せえや」

といつの間に入ってきたのか、畳職人の留吉《とめきち》までが加勢する。

「いやだな、そんな話じゃないすよ」

「じゃァどんな話だ。おめえさんの着物が、なぜおしづさんの手にあったんだね」

好色そうな一州斎の一撃に、お菜は新吉に目を向けた。

（もう観念したら？）

とその大きな目は言っている。

「そうまで言われるなら、話しますけど。ただ皆さんが考えるような、そんな嫌らしい話じゃないですよ」

新吉は、憤然として言い放った。

日頃は寡黙で、多くを語らぬ少年だった。

だがこのときは酒樽に腰を下ろすや、俯《うつむ》いたままこんな長話をぼそぼそと語り始めたのである。

二

十日ほど前の、早朝のこと。

その日、新吉は親方の指示で自分の縄張りを離れ、伝通院の東側から水道橋《すいどうばし》方向に向かって、シジミを売り歩いた。

そこを持ち場にする若者が、ここ数日、姿を見せないという。

しばらくぶりのせいか、シジミはすぐ売り切れた。

だが客を求めて見馴れぬ辻から辻へと歩いたため、荷が空《から》になった時は、人家の途絶えた見馴れぬ町外れにいた。

とはいえ辺りを見回すと見当はつく。

目の前を流れているのは神田川だから、ここは水道橋のやや下流で、鉄砲練習場などのある所だろうと。

ここからお茶の水まで下る川沿いは、鬱蒼と茂った樹木で朝でも薄暗く、ムジナやタヌキの出そうなもの寂しい道だった。

逆に上流の水道橋まで川べりを辿ると、水戸《みと》様の広大なお屋敷に出る。その塀に沿って北に進めば、そこはもう自分の縄張りになるのだった。

その道を行こうと思い、何げなく朝霧漂う川を見下ろすと、人けもない下の船着場に、人影が動いた。

おや、と思ったのは、それがからし色の着物を纏《まと》った、若い女らしいからだった。

女は何故か、しゃがんだり立ったりしている。あんな娘が、一人でこんな早朝に？　目を凝らしてみると、立ったり腰を屈めたりしているのは、どうやら、着物の裾を足にからめて縛っているようだ……。

そう思ったとたん、かれはその場に商売道具の天秤棒《てんびんぼう》と桶を放り出し、下に下りる石段を探して走った。

少し先に石段を見つけて転がるように二段飛びで駆け下りると、足音に気づいて、娘はやおら立ち上がってこちらを見た。

「ちょっと待ちな！」

大声で叫んだ。

どうやら今まで、迷っていたらしい。突然の新吉の出現で迷いがふっ切れたのか、いきなり川に向かって立った。

「いけない、待て待て！」

声を張り上げたが、それを振り切るように女は視界から消えた。

新吉は石段を駆け下りながら、菅笠を投げ飛ばし、尻端折《しりはしょ》りした着物を脱ぎ捨て、股引《ももひ》きと草鞋《わらじ》だけになった。

ひょろりとしてひ弱に見えるが、毎朝のシジミ売りと剣術で鍛えている体は、筋肉だけで出来ている。

子ども時代は大川端《おおかわばた》で育ち、河童《かっぱ》のように水に親しんできた。

水に流され、死にもの狂いで泳ぎ、流木にしがみついて岸に辿り着いた経験があるし、溺れてもがく人を岸まで引いていく訓練も、番所の大人たちから受けていた。

溺れた人を見てもすぐ飛び込むな、とも言われている。

しかし目の前で飛び込む人を見て、そんな忠告はどこへやら、助けなくちゃの一念で、後先考えずに飛び込んだのだ。

懸命に抜き手をきって、すぐに追いついた。夢中でむしゃぶりついてくる女を、蹴るようにして体から遠ざけ、背後から髷を摑んで引き寄せる。その胸のあたりに左腕を回すと、女の顔は水から出た状態になった。

これでいい。あとは懸命に泳いで岸に辿りつくだけだ。

ほっとして右腕で水をかいたが、すでに船着場は遠ざかりつつあった。流れは思ったよりきつい。

流されたときは、川を斜めに泳げ。それが鉄則だ。

泳ぎながら、夢中で至近の両岸を見回したが、摑まれそうな手がかりはどこにもない、何も見えない。

必死で水をかいても、どこへも行き着けそうになかった。

水面から仰ぎ見る石垣は、砦のように急峻にそそり立っている。こんなに高いものかと初めて知った。

思えばこの神田川は、神田の台地を掘削して造られたもの。険しい地形を、千代田城の外濠として利用している。川は途中からお城の裾を寄り添って流れ、堅固な砦の役目を果たして、大川へと流れ込んで行くのだ。

だんだん息が苦しくなった。自分はこの女を腕に抱いたまま流されて、力尽き、この川底に沈むのか。

そんな絶望がよぎった。女はもがくのもやめて、死んだように身を任せてくる。やはり大人たちの言う通りだ、海より川はこわい。流されるだけ流されあの世行きか……。

そんなさまざまなことを思った時、目の前に何かが動いた。

声が聞こえた。

「つかまれ！　船着場まで引いてってやるぞ」

下流から上がってきたらしい小舟で、誰かが叫んでいる。櫓《ろ》を漕《こ》いでいるのは、手拭いで頬かむりした老人だ。

長い棒が目の前に差し出された。

片手で棒にしがみつき、息をついた。

何とかあの船着場まで曳《ひ》いて行ってもらって、こと無きを得たのだ。

老人は舟を繋ぐと、娘を引き揚げうつ伏せにして、馴れた手つきで背中を押し、水を吐かせる。

「よーし、これで大丈夫だ。朝っぱらから人騒がせするなよ」

短く言って、すぐ上流に漕ぎ出していく。

新吉は荒い息を吐いて大の字になった。青い朝の空が、やけに美しく目に滲みた。

やっと我に返って起き上がると、娘はそばにぐったりしゃがみ込み、しゃくり上げている。

髷がすっかり崩れ、帯が解けかかっていた。

とっさに新吉は、石段に落ちている自分の着物を取って、そちらに放った。

「これに着替えな、上を人が通る」

娘がのろのろと着替えるのを待って、着物と一緒にあった巾着《きんちゃく》をその手にねじ込んだ。中には、シジミの売り上げが入っている。

「上で駕籠を見つけてやるから、駕籠で帰んなよ」

だが娘は何とも答えずに、しゃがみ込んだままだ。

「さ、行こう、家はどこなの？」

すると思いがけず、女は乱れた髪の間から新吉を睨みつけ、

「余計なお節介しないでちょうだい。あんたは人助けして気持ちいいでしょうけど、あたしは死に損なった」

と細い声で悪態をついたのだ。

思いも寄らぬ言葉にかれは驚き、かっとなった。

「なら、また飛び込めよ、今度はお節介しないから」

それを聞いて女はまた泣きだした。

弱り果てた。川にはすでに小舟が上り下りし、上の道を人が通り始めている。といって、放り出して帰るわけにもいかない。

我ながらどうしていいか分からず、呆然と川に目を投げるうち、一艘の小舟が近づ

いてくるのが見えた。

先ほどの舟が上流で荷を積んで、下ってきたのである。

「おーい、まだいたのか。下に行くなら乗せてやるぞ」

と老人は叫びながら、船着場に近寄ってくる。

すると驚いたことに、娘がふらりと立ち上がった。

「乗せてください、筋違橋《すじかいばし》まで……」

言って、振り返る。その顔にやっと、恥じらうような表情が浮かんでいた。

「ごめんなさい、嫌なこと言って。お名前を教えてくれますか。あとでこの着物、お返しします」

「返さなくていい」

新吉は言った。突っ張ったのではない。古着屋も引き取らないような、性《しょう》の抜けた着物である。

「それは困ります」

と女がなお言うので、とっさに〝あじさい亭〟を口にした。

「藤寺の近くにある総菜屋だ。そこに預けてくれればいい」

娘を乗せた舟が船着場を離れると、かれはあとも見ずに、石段を駆け上がった。

「あははは……」

話が終わって座が一瞬シンとする中で、お菜が笑いだした。

「これ、何がおかしい」

徳蔵がびっくりしてたしなめる。

「だって新ちゃん、さんざんじゃない。助けてやったのに、憎まれ口叩かれて、真っ裸で帰ってくるなんて。着物なんか放っちゃえばいいのに……」

「ばか、着物が惜しいわけじゃねえんだよ。着物はいらんと言っちまえば、死にたがりの娘をつき放すことになる。そうだろう、新坊？」

新吉は苦笑して黙っている。

「それはごめん」

と言いつつ、お菜はまだ笑いやまない。

「でもおしづさんも、いい根性《こんじよう》してるね。最後はどこの誰とも知らないおじさんの舟で帰るなんて。これは新ちゃんの負け……」

「おれは真っ裸なんかじゃなかった」

と新助はムッとなって抗弁する。

「それに、どこの誰か知らないけど、あの小舟には七福丸《しちふくまる》と書かれてた」

「ああ、七福丸か、そりゃ、神田川の河口にある船宿の名前だ。じいさんはたぶん、そこの主人だろう」

と誰かが言い、また店内はがやがやとなった。

新助は黙って風呂敷包みを解き、困ったように見ている。

その中には、清潔に洗った着物と小判が三枚、紙に包まれて入っている。着物はともかく、金は受け取れないと思ったのだ。

つくづくと包みを見て、徳蔵が溜息をついた。

「しかしねえ、どんな事情があるかしんねえが、こんな金持ちのお嬢さんが、なんでまた川に飛び込むんだか……」

「お前さん、命がけでお嬢さんを救ったんだ。遠慮せずに、金を受け取っておきなって。シジミの代金、まだ親方に返してねえんだろ?」

と一州斎がしんみり言う。

「そうだ、手相見の先生の言う通りだ。ここは有り難く頂戴した方が、おしづさんだって喜ぶだろう」

徳蔵の言葉に、新吉は曖昧《あいまい》に頷いて立ち上がった。

包みを抱えて出ていく新吉を送りつつ、お菜が背後から言った。

「おしづさん、明日か明後日の夕方、また来るんだって」

「え、また来るって？」

それまで難しい顔をしていた新吉が、急に上ずった声を上げたので、お菜はクスッと笑った。

その翌日も、その次の日も、夕陽に空が染まる頃になると、新吉は決まって〝あじさい亭〟に顔を出した。

しかし、おしづはそれきり姿を見せなかった。

三

五日めの夕方――。

この日もおしづは現れなかった。総菜を買って店を出ていく新吉を送って、お菜は暖簾の外に出た。

夕闇が溜まった草叢から、虫のすだく声がする。むっとくる湿った草いきれに加えて、山梔子《くちなし》の甘い香りが漂っていた。

「あのひと、もう来そうにないねえ」

店の前にぼんやり佇んでいる新吉に、お菜は声をかけた。店に突然現れたあの美人に、お菜もはちきれそうな好奇心を抱いていたため、来ないとなると落胆も大きかった。

「ああ、しょうがないさ。おれももう来れなくなる。剣術の試合が近いから、稽古が大変なんだ」

新吉の態度はいささか素っ気なかった。

「まあ、じゃ、これで終わりだね」

「うん。ただし、あの金は、意地でも受け取れない。実を言うともう一つ、あのひとに返さなければならん物もある」

「へえ?」

「あの場所で、手拭いを拾ったんだ。たぶんあの人の物じゃないかと思う。明日にでも稽古の帰りに寄って、店の誰かに預けて来ようと思う」

「寄るって、どこへ?　家は分からないでしょ」

「いや、手がかりはある。拾った手拭いに、屋号が染め抜かれていたんだ」

それは岸壁の石段の、端っこに落ちていた。

駆け下りる時はひどく慌てていたので、目に入らなかったのだろう。色の綺麗なまだ新品の手拭いで、染めも布も上等だったから、興味半分でそのまま持ってきたのだ。

帰宅してから見直してみると、藍地に淡紅色の花が濃淡に散った美しい模様で、〝播磨屋《はりまや》〟と白で染め抜かれている。

気に入りなのか、端に黒糸で〝しづ〟と縫い取りがあった。

「播磨屋っていえば、神田須田町にあるあの大きな呉服問屋のこと？」

お菜が目をみはった。

「でも、播磨屋の手拭いをおしづさんが持っていたとして、買ったか貰ったかしたものに、名前を縫い取っただけかもよ」

「うん、そこのお嬢さんかどうかは、分からない。ただね、あの小舟に乗る時、確かに〝筋違橋〟までと言った。たぶんあのひとの家は、神田須田町にある」

「あっ、そういえば思い出した、お父っつあんにも、神田須田町と言ってたよ。そう、その播磨屋に行っておしづという名前を出せば、何か分かるね」

何度も頷くお菜から、新吉は目をそらした。お菜に語らなかったことが、もう一つあるのだ。

その手拭いからは、ほんのりと甘い香りがするのだった。

それは〝しづ〟の肌の匂いだろう。その匂いは、水の中で腕にかき抱いた女の手触りを、なまなましく感じさせる。

新吉は、それをそのまま畳んでしまっておくのは、何かしら罪深い事のような気がしたのだ。

「ただ、どうも、一人で行くのは気が進まない。だからさ、悪いけどお菜ちゃんも来てほしいんだ」

そこでお菜も行くことになり、二人は段取りを相談した。

翌日の午後、お菜は稽古帰りの新吉と筋違御門で待ち合わせ、ほど近い〝播磨屋〟に向かった。

播磨屋は、神田須田町にある名の知れた呉服屋である。

店は、交差点の楡《にれ》の木が目印ということで、すぐ見つかったが、間口《まぐち》十間という店構えの大きさに気圧《けお》された。

表口は入りにくいので、裏口を捜してみたが、別の通りから入るらしくて近くには見つからない。

賑わう店頭の前でしばらく様子を伺い、客の途切れるのを待って、お菜だけがおずおずと入って行った。

「すみませんが」

と声をかけたが、誰も忙しそうにしていて出て来ない。

お菜は、色とりどりの布地が積み上げられた棚や、着物を広げた衣桁《いこう》が並ぶ広座敷を眺め回した。何人もの客がそこで商談を繰り広げており、談笑の声がさざめいている。

そのうち顎の尖った若い手代が出て来て、上がり框に立ったまま横柄《おうへい》に訊いた。

「……何か用？」

「あの、おしづ様に会いたいのです」

新吉と相談した通りに言った。

すると手代は否定せず、まじまじとお菜の顔を見た。

「お前さんが、お嬢様に何の用だ」

「小石川あじさい亭の者、と伝えてくだされば分かります」

「お嬢様は留守だよ」

「では、あの……」

「こっちも忙しいんだ、お客でなければ裏口に回ってくれ」

言い捨てて、手代はそそくさと座敷の方へ戻っていく。

おしづがここの娘であることは分かったが、体《てい》のいい門前払いである。お菜はさっさと店を出て、少し離れた楡の木の下に待っている新吉の元へ戻った。

「新ちゃん、帰ろう。おしづさんはお留守だって。ここはずいぶん感じの悪い店だね、もう諦めよう」

と憤然として話しているうち、カタカタと下駄の音がした。

ハッと目を向けると、前垂れをした中年の太めの女が、店からこちらに向かって歩いてくる。

お菜と目が合うや、小走りに駆け寄って来た。

「あんた達、お嬢様に会いにきなさったって？」

また叱られるのかとお菜が曖昧に頷くと、何の用で……と性急に畳み込んでくる。

「いえ、おしづ様が先に小石川まで会いに来られたのです。でも会えなかったもんだから」

「小石川って……」

そばに立つひょろりとした新吉を、驚いたように見上げた。かれはもうすぐ十六になるが、まだ前髪があった。

「私はまた、ずっと年上の方と思い込んでたんだけど、もしかしておたく様が、あの時の……？」

あの身投げの顚末《てんまつ》を知っているところを見れば、お嬢様付きの女中だろう。その福々しい顔にやっと安堵の笑みを浮かべた。

「ああ、私はお嬢様のお世話掛かりの滝《たき》です。あの、ここではなんだから、ちょっとあちらへ……」

と店からは見えない、塀と塀の隙間の狭い路地に二人を誘い、その中途にある木戸口から中に押し込んだ。

中は殺風景な裏庭で、箱や何かの機材がゴタゴタ積み上がっている。滝はお勝手の、立て付けの悪い板戸を開き、食べ物の匂いのこもる薄暗い土間に導いて、上がり框に座らせた。

「先日は、お嬢様が大変お世話になったそうで、私からも御礼を申します。あのようなことがあったんで、お嬢様は今、根津《ねづ》の寮（別荘）で、静養しておられるんですよ」

滝は口早に、低声《こごえ》で言う。

あの身投げ事件を起こしてから、二度とそのような不祥事がないよう、監禁状態なのだという。先日、小石川まで行けたのは、監視の目を盗んで、こっそり抜け出して駕籠で行ったらしい。

「では、おしづさんに伝言を頼みます」

と新吉が懐から小判の包みを取り出し、きっぱりと言った。

「これは受け取れないから、お返し願いたい」

「あれ、坊ちゃん、何を言いなさる。命がけで救ってくれたのに」

と滝は大きく手を振り、何やら思案しているようだ。

「それなら、直接、お嬢様に会ってくれないかねえ。お一人、広いお屋敷で、淋しがっておいでだから。ばあやが相手じゃねえ……」

「明日でもいいですか？」

とやおら新吉が問うた。

根津であれば、新吉の通う道場からはほど近く、稽古帰りに行ける距離である。

「ええええ。門番には私の使いと言って、これをお渡しなさい。これがなくても、小《こ》六《ろく》という者に私の名を言えば、大丈夫……」

と帯の間から通行証を取り出して、お菜に渡した。

それとは別に、紙に包んだおひねりを手に握らせた。

「ちょっとでいいから、話し相手になってあげておくれね」

その時どこか遠くで、声が聞こえた。

「滝さーん」

と叫ぶ癇《かん》の立った声である。

滝はビクッと肩をすくめ、

「あれが、ここのお内儀《かみ》さん。お嬢様には義理のお母様にあたります」

と意味ありげに説明し、はじかれたように立ち上がる。

「旦那様は、実のお父様だけど、お母様は……」

「滝さーん、どこ？」

と近くでまた声がし、お菜と新吉はそそくさとその家を出た。

四

開け放った縁側の向こうに、美しい池が見えた。

池の回りには、薄紅色の牡丹《ぼたん》や、白いギボウシが咲き揃っている。

その翌日、新吉は稽古帰りにまたお菜と落ち合い、お滝に教わった道を辿り、指示通りに表門から入って、この座敷に案内されたのである。

すでに八つ半（三時）に近かった。

こんな立派な座敷には不馴れな二人は、むし暑い中にかしこまって正座していると、隣室の襖が開いてすらりとした女が入ってきた。

おしづだった。

白い毬《まり》の文様が散った、涼しげな藍木綿の部屋着に、紺色の帯を締め、その島田髷には飾りがひとつもない。

先日より頰が幾らかふっくらしているが、青ざめて、肌の下が透き通って見えるようだ。

新吉の顔を見ると、あの川でのことが思い浮かんだのだろう。不意に涙ぐんで、その涼しい大きな目がたちまち赤らんだ。

「あの時はごめんなさい。早くお詫びを言いたかったけど、ここを出られなくて……。お金を返しにみえたんですってね。お滝から聞きました。どうかそんな気づかいは、無用に願います」

一気に言うと、畳に両手をついて頭を下げた。

甘い仄かな香りが、ふっとお菜の鼻先を掠めた。

お菜はすっかり上がってしまって、黙りこくっている。

新吉の方は耳まで赤くなり、石のように固まっていた。

そこへ品のいい老女がお茶とお菓子を運んできて、おしづは落ち着きを取り戻したようだ。

「ああ、ばあや、あちらに運んで。お花が見える所でお茶にしましょう」

と幾らか華やいだ声で言い、老女にお盆を縁側寄りに運ばせる。

陽が翳《かげ》った縁側寄りに座をずらすと、花が近くなる。大輪の花々は甘く香り、目を奪われるほど美しかった。

庭を見ながらおしづは、牡丹の花が大好きなこと、ここに集めた紅、白、淡桃色の三色の牡丹を、絵に描くのが楽しくて……などと、少しはしゃいで口にした。

「ああ、その絵をお見せしましょうね」

と立ち上がって、隣室に入って行く。

お菜は気を揉んでいた。隣に座る新吉は、先ほどから一言も発せず、ただ畏《かしこ》まっているだけなのだ。

「新ちゃん、訊きたい事あるんでしょ、手拭いも返すんでしょ」

と声を忍ばせて言うと、うるさい、と俯いたまま囁き返してきた。

新吉としても、ただ畏まっていただけではない。胸に迫る思いがあったのだ。

実は昨日の夕方――。

お菜と別れてから、かれは日ごろ〝師匠〟と呼ぶ鷹匠町の山岡鉄太郎の家に向かった。来月の剣術の試合のことで、指導を仰ぎたかったのである。

案件を終えて雑談になった時、鉄太郎から、先日の〝身投げ事件〟について訊ねられた。どうやらお菜が、山岡家で美談仕立てで喋ったらしいのだ。

新吉は慌てた。

正直なところ、自分が助けたとは思っていない。あの小舟が通りかからなければ、とても救えなかったのである。

「たまたまその場に居合わせたんで、後先も考えずに川に飛び込んだんです。ところが思ったより流れがきつくて……。危ないところを、小舟が通りかかって、何とかなりました」

と、事情を正直に語った。

「ふむ、天佑《てんゆう》というものかな。しかしそれでいいんだ。人間一人で、何もかも出来るわけがねえからな。で、その娘さんが、御礼に来たそうだね」

「はい、そのひと、どうやら播磨屋のお嬢さんらしいです」

「え、あの播磨屋の？」

鉄太郎は、驚いたように目をむいた。

「あの呉服屋、お玉が池の道場に行く時、よくその前を通るんだよ。あそこの看板娘は、美人だとえらく評判でね……。千葉道場に通う若い連中は、わざわざ遠回りして店の前を通ったもんだ。おれは別だがね」

「本当ですか」

「ところが誰もお目にかかっちゃいねえ。播磨屋ともなれば、店なんぞに出さんのさ。悪い虫がつくのを恐れて、蔵の中にでも秘蔵しておくんだろう」

「…………」

「それにしても、よくやったぞ、新坊。おれなんぞ、女と見たら、後先考えずに飛び込むだろうが、必ず溺れると思う。情死などと騒がれるのが落ちだよ、ははは」

「いや…………」

と新吉は赤くなり、水の中でむしゃぶりついてきた柔らかい感触が甦って、急に胸苦しくなった。

「おれ、師匠と違って、女人に触れるのはこれが初めてでした」

思わず呟くと、鉄太郎が笑い出した。

「どういう意味だ。お前が、その方面の鍛錬が足りんのはたしかだが、おれを引き合いに出すな」

ひとしきり笑ってから、ふと首を傾げて言った。

「しかし、神田の大店の娘が、なぜ神田川かな」

「え？」

「いや、近すぎやしねえかって話……。手っとり早く死にたけりゃ、おれなら、大川を選ぶところだね。大川は深くて流れも速いから、遠くに運んでくれるし、ほぼ確実に死ねる。ところが神田川は……、神田のど真ん中を通っていく。上流で身投げすれば、自分の家の近くを流れていくことになるぞ。そこらで引っかかって見つかりゃ、すぐにどこぞの娘と身元が知れる。お嬢さんは、そこまで思いが及ばなかったのかな」

「…………」

言われてみれば、もっともな疑問だった。

鉄太郎は腕組みして少し考えて、言った。

「まあ、もしかしたら何かの思い入れが、この川にあったのかもしれんな。例えばだが……想い人と川のほとりを歩いたとか、その男の家が、上流の小石川辺りにあったとか」

……そんな言葉が、今も新吉の胸に点滅している。

あの美しいひとは、男への思い入れであの川に身を投げたのかと。

おしづはすぐに戻ってきた。

見せられたのは、十数枚の淡彩な写生画である。

どれにも咲き誇る大輪の花が描かれているが、華やかな花の陰に、誰かがしゃがんで泣いているような、何とも寂しい絵だった。

手早くめくっていたお菜は、最後の一枚に目を留めた。

そこに素描された一輪の花は、牡丹ではない。

紅色の花はもっと小さく、花びらは薄く、風になびいて咲いている様が、力強い筆使いで描かれている。

「これは？」

「あ、それは蝦夷地《えぞち》の野ばら……」

としづが、少し声を弾ませて言った。

「蝦夷地に、野ばらが咲くんですか？」

「そう、蝦夷ではハマナスとも呼ぶんですって」

しづはさりげなくその絵を下げ、急に話題を変えた。

「お菜ちゃんは、早くお嫁に行けとか言われない？」

「ええ、最近そろそろ……」

とお菜は戸惑いつつ答える。

「でも私、我がままだから、なかなか行かないと思います」

「そう？　ほほほ、あたしは、お嫁に行くことにしました」

「えっ」

お滝が何やら仔細ありげだったのは、このことなのか。

「ここに籠って花を描いているうち、決心がついたんです。花になればいいって。花は与えられた場所で、気高く咲くでしょう。所帯を持って女房になるのは、花になることだって」

「……………」

「花は失恋なんてしない。特別の誰かを思わずに、ただ与えられた場で、無心に咲くだけ。そんな生き方もいいなって……」

「あの、一つ訊いてもいいですか」

「何でしょう。遠慮なく訊いてちょうだい」

「失恋なんて……と仰《おっしゃ》ったけど、おしづ様でも失恋したことあるんですか」

　お菜が遠慮なく問う。

「ほほほ、そりゃ、あたしはまだ花じゃないもの。しっかり、失恋しました。人間の世界は、難しいことがいろいろあり過ぎます。もうそんなこと、終わりにしたい気がしてね……」

　それで飛び込んだのか、とお菜は思った。

「あの……」

　と今度は、新吉が初めて声を発した。

　花の回りを飛ぶ蝶を目で追っていたおしづは、びっくりしたように、この年若な客に目を向けた。

「おしづ様の失恋の相手って、武士ですか」

「えっ、まあ、どうして?」

「いいえ、すいません……」

　と口の中で呟くや、赤くなって俯いた。

かれの脳裏には、神田川の上流域に広がる武家町が浮かんでいる。鉄太郎の何げなく発したあの疑問への、それが、新吉の考えた答えだったのだ。

「ええ、そう、新吉さんの仰る通りです」

おしづは頰を染め、意外にも一人前の男に対するように敬語を使った。

「そう、相手は幕府のお旗本でした。将来を誓ったとたん、突然、遠方への赴任を仰せつけられて……」

まるで土手でも決壊したように、おしづはにわかに語りだした。新吉の変な一言が、その心の砦を壊したのかもしれない。

「任地は、蝦夷地の箱館《はこだて》でした」

「エゾ、ハコダテ……？」

お菜は肝《きも》を潰《つぶ》した。

「生きて帰れるかどうか不安だったのでしょう。結納《ゆいのう》を交わさないまま発ってしまわれたの」

誰かに話したかったのだろう。まだ大人でないお菜と新吉は、話し易かったのかもしれない。

お菜は遠い地方を思った。

〝蝦夷が島〟という島が、この国の北の果てにあるとは聞いているが、その場所がどこなのか全く分からない。

日本が鎖国を解いた八年前、真っ先に蝦夷地の箱館が開港になり、奉行所が開かれたことなど、江戸の人々はほとんど知らない。

おしづの恋人加島燐次郎《かしまりんじろう》は、三年前、よりによってそんな最果ての港町に、赴任したというのだ。

その箱館に建てられる城郭の築造にたずさわるためだった。

「二年で戻るはずだったけど、もう少しで四年になります……。あたしはもうすぐ二十三になり、両親が煩《うるさ》くて仕方ないんですよ」

「あの、その加島様はどうなさったんです？」

お菜がおずおず問うた。

「ええ、一年めはお便りを山ほどいただきました。あの野ばらの絵も、実は加島様が描いて送ってくださったもの……。でも途中からパッタリお返事が来なくなって、今はもうなしのつぶてです。何があったのかしらと、人に頼んで消息を調べてもらったら、二年めが終わる頃に、別の任地に転属になったとか。モロランとかいう港町で、もっとずっと奥地ですって。知ってる？」

モロラン……お菜は目をみはった。

「聞いたこともない」

「ほほほ、あんまり遠くて、きっとお便りが届かないのね」

とおしづは微笑して言った。

「あたし、蝦夷地まで行ってそれを確かめてみようと思いたち……」

「えっ、どうやって？」

「ええ、父が懇意にしている廻船問屋の船が、はるばる蝦夷の松前《まつまえ》まで行ってるの。播磨屋の商品を積んで、下北《しもきた》を回って、海峡を渡ってね……。あたしはそれに目をつけて、乗せてもらえないかと交渉してみたんです。その主人は、話の分かる人だったから。でも不審に思ったんでしょうね。父に告げてしまい……」

激怒した父から、いっさいのお金を没収され、外出禁止になってしまったという。

「考えてみれば、お手紙が来ない理由は、心変わりということもあるでしょう。そう考えたら、もう何もかも、どうでも良くなっちゃって……」

と他人事《ひとごと》のように笑っている。

「そんなこんなで、この七月初め、祝言《しゅうげん》を挙げることになったの。暑い最中だし、急に決まって慌ただしいけど、あたしはとても喜んでます。やっとこの家を出られるから」

笑って言ったが、その目からは、涙の雫《しずく》がとめどなく伝い落ちた。

あの義母の甲高い声が、お菜の耳に甦った。

新吉は結局、手拭いを返さぬままだった。

五

「そうか、おしづさんの想い人は蝦夷地におったのか」

と話を聞いて鉄太郎は、感慨深げに言った。

その夜、新吉はお菜と共に、山岡家を訪ねたのである。

「しかし、あいにくだが、おれは加島燐次郎なる旗本は知らねえな。現在の箱館奉行なら、よく知ってるが……。奉行の小出殿《こいで》はたしかおれと同じか、一つくらい上だろう」

幕府の『講武所《こうぶしょ》』で剣術指導をしていた鉄太郎は、小出の姿を何度も見かけているという。中肉中背の、端正な男だった。

銃に熱心で、講武所で銃隊調練（西洋砲術）の資格を早々取っていた。

目端《めはし》がきくのもたしかだが、講武所砲術方の総裁土岐頼旨《ときよりむね》は、養子として家を出た小出の、実父だったのである。だがかれは、剣術道場にもよく姿を見せて、剣の稽古に余念がなかった。

「師匠、そのエゾのお奉行様に、ぜひとも加島様のことを問い合わせて頂けませんか」

新吉が乗り出して熱心に言った。

おいおい……と鉄太郎は腕を組んで苦笑した。

「おれは閉門蟄居の身、これでも科人《とがにん》だぞ。幕府のお役人に、気安く手紙なんぞ書けねえよ。それに小出殿が奉行に抜擢され、箱館入りしたのはたしか……去年の終わり頃のはずだ。加島殿とは、時期がすれ違っていよう」

「…………」

新吉は黙っている。

「だが新吉、何も箱館くんだりまで、一か月がかりで問い合わせる必要はねえさ。江戸にも、箱館奉行所の詰所があるんだ」

「ああ、そうか」

「そこの若い役人が何人か、講武所に来ておるようだ。知り合いに頼んで調べてもらえば、加島殿について確かな情報が得られよう。……しかし、ものは考えようだ」

とかれは首を傾げた。

「おしづさんは、もうすぐ嫁に行く身だろう。花になろうといったん心を決めた以上、亭主以外の男に心惑わされんほうがいい。そっとしておいた方がよくはねえか」

お菜は吐息をもらし、微かに身じろぎした。

今もあの〝蝦夷地の野ばら〟の絵を大事にしているおしづを思うと、鉄太郎の言うように、このまま何も触れずにおいた方がいいように思えたのだ。

「ですが、師匠……」

と新吉は、珍しく食い下がった。

そして、まるでそそりたつ石垣を仰ぎ見るように宙に目を浮かせて何やら黙考してから、続けた。

「心置きなくお嫁に行ってもらいたい、とおれは思うんです。そのために、気がかりを引きずらない方がいいと……」

「そうか、なるほど」

鉄太郎も少し考えていたが、新吉を見てきっぱり言った。

「よし、少し待っておれ。二、三日中には誰かがここに来るはずだから、頼んでみよう」

……ということで、懸案の人物の消息は、数日後には鉄太郎のもとに届いたのである。

早速それは新吉によって、根津の寮の門番小六まで届けられた。

七月初めのその日――。

お菜はお昼を食べてすぐ、日傘をさして、蟬しぐれの町へ出かけて行った。

この夏も暑く、あじさい亭は静かだった。

夏になると客足が遠のくのはいつものことだが、常連の鉄太郎が、今年は禁足《きんそく》状態である。

それでも働き者の徳蔵は、一日も休まなかった。

だがお菜には自由にさせていて、近所の子どもらが花火や螢狩りに出かける時は、必ずやりくりして参加させた。

この日も朝から暑かったが、明け方の雨で、木々の緑が美しく甦っていた。キラキラと瓦屋根などに反射する光が眩しい中を、お菜は汗だくで神田須田町まで歩き、播磨屋の前に立った。

近くの路上には、涼しげな菅笠姿の水売りが陣取って、

「ひゃっこい、ひゃっこい……」

と掛け声をかけて、一杯四文で水を売っている。

この日は、おしづの祝言の日だったのだ。

といっても、華燭《かしょく》の典《てん》は花婿の屋敷で行われる。

播磨屋では、先方が差し向ける迎えの駕籠を待ち、白無垢《しろむく》姿の花嫁を送り出すのである。その時は、仲人《なこうど》に手を取られて駕籠に乗る晴れ姿を見ようと、近所の人々が押し掛ける。

それが、夕暮れ時だという。

お菜もまた、おしづの白無垢を一目見たくて、自分も一張羅《いっちょうら》の晴れ着に着替えて、早々と家を出て来たのである。

花嫁行列は深川《ふかがわ》までという。せめて両国橋《りょうごくばし》あたりまで追いかけるつもりで、小遣いももらって来た。

だが播磨屋に着いた時は、まだ店は表戸を閉ざし、紅白の垂れ幕一つ見えない。人の出入りもない。じっとしていても汗の滲む暑さの中に、どこで鳴くのやら、耳を弄するばかりの蟬しぐれが流れている。

紅白の垂れ幕を張り巡らし、打ち水をし、人が賑やかに出入りしている様子を期待していたお菜は、がっかりした。

考えてみれば、まだ八つ半（三時）過ぎだ。少し早すぎたんだ、とお菜は考えた。

近所をぶらついて時間を潰し、しばらくしてまた戻って来たが、様子はやはり同じである。

もしかしたら花嫁は、根津の寮から出るのかしら……。

そんな可能性も考えると何かしら不安になってくるが、店の前に佇む人は少しずつ増えているから、間違いはないだろう。

お菜は近くの楡の木の木陰に佇んで、ひとまず汗を拭いた。

そんな時、背後から肩を叩かれた。

振りむくと、新吉が立っている。

「あらっ、新ちゃん、どうしたの」

「どうしたはないだろ」

「だって、今日は剣術の試合じゃなかったの？」

「いや、今日はいいんだ。それより大変なことになってるぞ、花嫁さんが行方不明らしい」

「えっ」

顔面がスッと冷たくなり、周囲に流れる蟬の声が一瞬、遠のいたようだった。

「行方不明って？」

お菜はポカンとしてしまった。花嫁が祝言をすっぽかすなんて、そんなことがあるのだろうか……。

「昨夜から姿が見えないんだって。店は大騒ぎらしいぜ」

おしづは〝花になる〟決意を語り、祝言を楽しみにしていたはずだったのに。信じられぬ思いで、しんと静まっている播磨屋に改めて目を向けた。

あの不気味な静けさは、そういうことだったのか。やっと呑み込めて、新吉と目を見合わせた。

「じゃ、おしづさんはどこへ行ったの？」

そう言いたかったが、口に出す勇気がない。

風がいくらか涼しくなり、微かに夕闇がたちこめ始めた。

近くにはお菜と同じように、花嫁姿を一目見ようと、見物人たちがどんどん集まりだしていた。

この暑い中で、黒紋付の羽織に身を正している者も見かけた。

「行こう、お菜ちゃん、ここは騒がしい」

新吉は先に立って播磨屋の前を離れる。まだ信じられないお菜は、後ろ髪を引かれる思いで、従った。

川沿いの道に出ると、屋台が並んでいた。二人は涼み台に座って麦湯を呑んだ。それから幾らか涼しくなった夕闇の中、ゆっくり帰路を辿り始める。

夏の月がかかっていた。

「新ちゃん、こないだ、鉄おじさんに調べてもらったでしょう。あの返事の内容は、知ってるの?」

とお菜は少し前を行く新吉に小走りに追いつき、訊いた。

「そりゃ、もちろん知ってるさ」

新吉は振り向きもせず、俯いて言った。

それによると、こうだという。

〝幕吏加島燐次郎は、万延《まんえん》元年(一八六〇)箱館に赴任。

二年後の文久《ぶんきゅう》二年、奥地のモロランに転勤になった。

噂では本人の希望と言われる。箱館の五稜郭《ごりょうかく》造営に関わっていたのだが、何があったものか、奥地の開拓を希望したという。

そして今年（文久三年）三月、小出奉行によって箱館に呼び戻され、在の木古内村《きこないむら》で、〝開拓掛《かいたくがかり》〟という入植者の開墾を進める職務についている。〟

「おしづさん、もしかして蝦夷に向かったのかしら」

お菜が思わず呟くと、新吉はムキになって言った。

「そんなことあるもんか。一体どうやって行けるのさ」

「うーん」

「おしづさんはまた、どこかの暗い橋の下で泣いてるかもしれない」

「そんな……」

お菜は胸が疼《うず》いた。

沈黙したまま、歩みを遅らせて肩を並べる。

「遠い蝦夷なんかに、行きっこないさ。しかしだ、もしも……」

としばらく考えてからかれは言った。

「もしも誰かに頼ったとしたら、おれの考える限り、あの七福丸のじいさんかな。船宿のオヤジなら顔も広いだろう」

「……これから行ってみる？」

「いや、おれのただの想像だよ。それに、探しても始まらない」

強く言って、新吉は声を途切らせた。お菜は黙って、また少し遅れてかれの背後を歩き続けた。

暮れなずむ夏の川べりには、夕涼みの人々が団扇《うちわ》をぱたぱたやりながら、屈託《くったく》なさそうに行きかっている。

遠い夜空に、両国橋の花火の音がこだまする。おしづはあの音を、どこで聞いているだろう。

辺りはもう薄暗くなっていたが、お菜はまっすぐ家に帰る気になれなかった。新吉も同じ思いなのだろう。また途中の屋台に誘い、縁台に並んで腰をおろし、一椀十六文の甘く熱い汁粉を注文した。川風にあたってふうふう吹きながら食べた。

「これから螢を見に行こうか」

と不意に新吉が言い出した。

螢がよく飛びかうと評判の湿地が、途中にあるのだった。地元でしか知られていない、秘密の狩り場である。

そこに寄って飛んでいる螢を見ると、新吉はやおら懐から、あの美しい手拭いを取り出した。

それを湿らせて広げ、器用に螢を絡めとってみせる。

お菜も見よう見まねで、自分の手拭いで螢をとった。

「ねえ、沢山とったから、これを師匠のお土産にしないか？」

と新吉が提案し、お菜は賛成した。このままでは中途半端で、収まらない気分だったのである。

六

山岡家には先客がいて、低声で何やら難しい話をしていた。

緊急の情報を、仲間が持ち込んできたらしい。

〝薩英《さつえい》戦争〟とやらが始まったというのである。

五月に、長州がフランス・オランダと戦《いくさ》をしたが、今度は薩摩がイギリス艦隊に戦を仕掛けたと……。

だが若い二人の客に席を譲って、すぐに帰っていった。

妻女のお英は、娘のお松と妹お桂を連れて、広々した隣家に涼みに行っているという。

鉄太郎は、二人が大事に抱えてきた螢の土産を喜んだ。

「まずは水だ」

と桶に水を汲んできて新吉に渡す。かれはそれを座敷から見える庭に置いて、手拭いの中に閉じ込めてきた螢を放つ。

十数匹の螢が光を点滅させつつ、闇の中を飛び交った。

その様は、たとえようもなく幻想的で、三人はこの光景をただ黙って眺めていた。

それから座敷に座って、新吉はおしづの失踪を語ったのである。

「ふむ、そうか……」

と鉄太郎はパタリパタリと団扇を使ったまま呟き、あとは無言だった。その静かな反応に少し拍子抜けして、お菜は問うた。

「何か探し出す手だては、ないですか」

「……ない」

にべもなく言い、外の闇に目を向ける。

この二人……。不意にお菜はそう思って、二人に目を走らせた。

二人は、少なくとも鉄太郎は、おしづの失踪を初めから予想していたのではないか、と思われたのだ。

たしかにあの時、鉄太郎は少しためらった。

かれは、今日あることをすべて予測していながら、結局、新吉と二人で共謀し、おしづをそそのかすような情報を渡したのではないだろうか。

（二人は暗黙のうちに、分かっていたんだ）

とお菜には思える。

だがこの自分も、おしづの失踪で胸衝《つ》かれる衝撃を味わったのに、どこか気分が明るいのは何故だろう。

新吉に何か問いたかったが、このひどい暑さで、頭が麻痺《まひ》しているようだ。

かれも押し黙って、庭に飛ぶ小さな光に目を奪われている。その態度に、お菜は、何かしら話しかけにくいものを感じた。

お菜が落ち着きないように見えたのだろうか。外を眺めていた鉄太郎が、ふと若い二人に視線を戻した。

「おれは、心配しておらんぞ」

と大きな目でじっと二人を見て、言うのだった。

すると新吉が、まるで一人前の男のように頷いてみせる。

「おれも心配なんかしないよ」

鉄太郎は頷いて、またしばらく沈黙した。

部屋の中に蚊遣り火の煙が濃くなってきたのに気づいて、団扇でパタパタと煙を追い出し、また言葉を続ける。

「こんな螢火でも、闇を照らす灯があれば、どんな長い闇夜も生きられる。……どんな暗い時でも、小さな螢火があれば、人は生きられるんだ」

かれはこの蟄居の日々のことを言っているのだろうか、それとも光を求めて飛び出して行ったおしづのことか……とお菜は懸命に考えた。

「お前たちも、その光を見つけることが肝要だ。見つけたら、それに向かって一心に進むことだ。一心に向かっている者に対しては、誰も、止めることはできねえさ」

その言葉に新吉が涙を拭うのを見て、お菜もふと涙ぐんだ。よく分からないが新吉は、〝失恋〟を味わっているのかもしれないと。


おしづや播磨屋について何の情報もないまま、それから一年近くが過ぎた。

その夏、あじさい亭に一通の便りが届いた。発信地と差出人を見て、お菜は驚いた。箱館木古内、〝加島しづ〟とあったのである。

短い手紙に添えて、美しい花の絵が一枚入っていた。

風に、心地よげに花びらを震わせているような、あの紅色の〝蝦夷地の野ばら〟の絵である。

手紙には、短くこう書かれていた。

「蝦夷地の短い夏、どの海辺にも、この野ばらが咲きます。開拓の仕事を手伝う忙しい日々ですが、その無心な花につい見とれてしまいます。先日、暇をみて、やっと描いてみました。

いつの日か本物を見に、皆様でおでかけください。

加島しづ」

宛先は〝あじさい亭〟とあるだけだった。

お菜は花の絵を見て、しばし遠い想いに駆られた。そしてこの手紙と絵を、新吉に渡さなくちゃと思う。

それが、新吉のために描かれたように思えたからである。

第三話　江戸城炎上

一

文久三年（一八六三）十一月十五日、暮六つ近く。

店終いの支度をしていた〝あじさい亭〟の徳蔵は、ふと手を止めて聞き耳をたてた。

近くの火見櫓《ひのみやぐら》で、半鐘《はんしよう》が鳴っている。

目を上げると、明かり取りの窓には、もう闇がおりていた。

冬至《とうじ》からまだ三日め。ここ数日が一年中で最も日が短く、太陽の光が弱い。あっという間に日が暮れ、夜はなかなか明けない。

(今夜も長い夜になるかな)

と徳蔵は思い、奥のお菜に声をかけた。

「お菜、どこかで火事だぞ」

父親の声に、お菜は前垂れで手を拭きながら、小走りで店に入って来た。洗い物をしていて、半鐘が聞こえなかったのだ。

「火事は近いの？」

「いや、近くはねえが、外に出てみな」

急いで外に出てみると、時雨《しぐれ》でも来そうなキーンとした寒気の中に、半鐘の音がはっきり聞こえた。

「あれえ、お父っつあん、西の空がまっ赤になってるよ！」

「火の手は見えるか」

「火は見えないけど、お城の辺りだよ」

そこへ坂を駆け下りる足音がして、誰かが時雨橋を渡ってくる。

「てえへんだ、お菜よ、お城が火事だぞ！」

酒屋の手代の喜助《きすけ》だった。

「上からはよう見えるぞ。町は大騒ぎだ。幸い風はねえし、火は神田川を渡ってくるめえが……」

その声を聞きつけて、隣に住む一州斎が飛び出して来た。

「何だって、お城が燃えてるって？」

暮れなずむ南西の方角の空が、真っ赤に染まっていた。火の勢いはどんどん熾《さか》んになっていくようだ。

「何だよ、騒がしい。戦でもおっ始まるってえのか」

同じ長屋から出て来て、のんびり言ったのは畳職人の留吉だ。

「おい留公、お前にも運が向いて来たぞ。お城が燃えりゃ、おめえらの稼ぎ時だろう」

そんな一州斎の声を聞きながら、お菜は、鷹匠町の鉄太郎のことを考えていた。秋が過ぎ、冬になっても、閉門が解かれていない。

今頃は高橋家あたりで火事を眺め、身動きできない身を嘆いているのではないだろうか。

「鉄の旦那は、さぞ歯がゆいだろう」

といつの間にそばにいる徳蔵が、同じことを呟いた。

「しかし、お城って所はよく燃えやがるねえ。つい二、三年前だったかな、御本丸が燃えたのは」

と誰かが言う声が聞こえた。

「そうそう、あれは安政《あんせい》の六年だったよ」

と徳蔵が当時を思い出して言う。

「あの年は春に青山《あおやま》の松平様のお屋敷から火が出て、四谷《よつや》からこの小石川辺りまで燃え広がったんだ。風がえらく吹きやがって、何百人も死んだ。忘れもしねえ、その年の秋だった、お城の本丸が焼けたのは……」

「うん、その四年前だったかね、安政の大地震は。あれで五千人近くが死んだんだ。安政は呪われた年だった」

と一州斎が言い、恐ろしそうに口をつぐむ。

鉄太郎が半鐘の音を聞いたのは、夕飯をすませた時である。

一服してから、隣の高橋道場でひと汗かこうと考えていた。

最近は〝寒稽古〟と称して、夕闇が下りると門弟たちが秘かに集まってきて、夜ふけまで槍の稽古をすることが多い。

それに鉄太郎もよく加わったのだ。

縁側に出て、雨戸を開いて見たが、ここからは何も見えない。

半鐘の鳴り方に耳をすますと、どうやら火事は近くなさそうだ。

隣に行けば何か分かるだろうと、襷がけをして家を出て、隣との境の四つ目垣を越えた。

その時ちょうど高橋家の勝手口から、謙三郎の妻女お澪《みお》が転がり出て来た。

「あっ、鉄さん、早くお二階へ！　ちょうど呼びに行くところでした。お城が燃えてるそうです」

「なに、城が？」

高橋家は鷹匠町の丘の上に立つ二階家で、見晴らしが素晴らしい。

かれは急な階段を駆け上がって、二階座敷に飛び込んだ。

そこにはすでに謙三郎のほか、ご隠居の義左衛門《ぎざえもん》や、門弟の鈴木恒太郎《すずきこうたろう》と豊次郎《とよじろう》の兄弟ら、数人が詰めていた。

皆は、雨戸を開いた窓から乗り出すようにして眺めている。鉄太郎も駆け寄って、人をかき分けて手すりに乗り出した。

なるほど城の方角に火炎の塊《かたま》りが広がっていて、暮れなずむ冬空を真っ赤に焦がしている。

「火元はたぶん、お城の本丸か、二の丸の辺りだ」

謙三郎がじっと外を見たまま、面長な顔を引き締めて言う。

「本丸ですと？」

鉄太郎は息を呑み、改めて遠くをみはるかした。

「まず、間違いないと思う」

「もしや……」

鋭く脳裏をよぎったことがあるが、言いかねて口を濁していると、先に相手が言った。

「そう、あるいは倒幕派のしわざかもしれん」

この鷹匠町の山岡・高橋屋敷は、時勢から外《はず》れて寂としていたが、世間は騒然としていた。閉門蟄居の身にも、戦の火種になりそうな情報が、毎日のように聞こえてくる昨今だった。

いわく、尊攘派の志士が京を追放された……。

いわく、天誅組《てんちゅうぐみ》が挙兵した……。

いわく、幕府は英国公使に十萬ドルもの賠償金を払って、生麦事件《なまむぎじけん》を解決した……。

「その昔、火をつけた紙鳶《たこ》が、お城の切手門《きってもん》に落ちたことがあったぞ。物騒な話だ」

と隠居が呟いた。すると門弟の一人が訊いた。

「ご隠居は、その時、お幾つだったんですか？」

「馬鹿もん！　家光公《いえみつ》の頃の話だ。江戸ではそれ以来、凧揚げが禁じられておるのを知らんのか！」

聞きながら、鉄太郎はあることを思い出し、胸を冷やした。つい二か月前の、穏やかな秋の日のことだ。

二

暑い夏が過ぎて、庭に彼岸花が咲き、隣家の庭からキンモクセイが香《かお》ってくる頃だった。

午後のひととき、山岡家には静かな時間が訪れる。

お桂は習いごとで出かけ、お英はお松を連れ、内職の一式を抱えて高橋家に行ってしまうのだ。

四部屋しかない狭い家に、一日中こもっている鉄太郎と家族を思いやって、お澪が誘ってくれたのが始まりだ。

山岡家では子どもが泣いても笑っても、家中《いえじゅう》に響きわたる。だが高橋家は改築して十二部屋もあり、家族の話し声は、蟄居する謙三郎の居室には届かないからと……。

お英は高橋家の台所に近い一室で、紙縒《こよ》りの内職をしながら、両家の子どもを遊ばせるのである。

この一時、鉄太郎は、思索や読書に集中することが出来る。

その日は雨戸を一枚開け、書を書いていた。そこから射し込む秋の日差しが、室内を柔らかく切り取っている。光の筋から外れた隅々は、ぼんやりと薄暗かった。

どのくらい集中していただろう。一心に筆を動かしていた手を、かれはハッと止めた。

日が翳ったように感じたのである。

顔を上げて、驚いた。縁側のそばに大柄な男がヌッと立って、中を伺い見ているではないか。

「おぬしは……」

影になっている男の顔を見て、鉄太郎は声を上げた。

「どーも、岩谷《いわたに》でござる、覚えておらるるか」

水戸人《みとじん》らしい、尻上がりな口調が懐かしい。

「忘れてどうする。いや、白昼堂々の客人は珍しいんで、ちょっと驚いただけよ、まあ、上がれ」

「驚かせてすまんです、誰か見張りがおるかもしれぬと……」

「今はおれ一人だが、そんな所に立ってると逆に誰かに見られよう」

雪駄《せった》を脱ぎ、そこにあった雑巾で足を拭う男を目で追いながら、鉄太郎は深い感慨を覚えた。

清河塾で志を同じくし、高歌放吟《こうかほうぎん》した磊落《らいらく》な俊才だった。

今はもう三十代半ばだろう。その顔は日焼けして険《けわ》しくなり、以前ほどの晴れやかさはない。共にこの家に来て呑んだ清河も、もうこの世の人ではない。

名は岩谷敬一郎《けいいちろう》。水戸藩の郷士《ごうし》である。

潮来《いたこ》文武館の世話役（館長）をつとめ、清河塾に学んで、鉄太郎ら幕臣とも親しんだ。剣も同じ北辰一刀流。

尊攘激派として、思想家藤田東湖《ふじたとうこ》の四男小四郎《こしろう》を頭《かしら》に頂き、今や暴れ者の集まりとも言われる〝天狗党《てんぐとう》〟の参謀格だった。

かれは今年三月、鉄太郎ら浪士組《ろうしぐみ》が京から戻った時、水戸藩主徳川慶篤《とくがわよしあつ》に率いられて、すれ違うように京に上ったのである。

そのわずか一か月後清河が討たれ、鉄太郎らが閉門になった。

「よう、来られた」

鉄太郎は胡座《あぐら》をかいて、相手を迎えた。

髭もじゃのかれを見て、岩谷はいきなり畳に両手をついて頭を下げた。

「清河先生はまことに無念でござった。大方は聞き及んでおりますが、少し伺いたいことがあって、参りました。一つは他でもない、先生の御首級《みしるし》はどうなったかと」

「首級だけは自分らが守った」

鉄太郎が事情を話すと、かれはハラハラと落涙した。

「まことに無念ですが、安心致しました。清河先生の御無念は、われらが晴らすつもりですぞ」

としばしその話に熱中した。やがて途中から岩谷は目に異様な光を帯び、次第に口調が改まってくる。

「山岡さん、われら天狗党は、近々にやりますぞ。もちろんこれは、他言はいっさい無用ということに……」

「もとより、他言のしようもねえが、一体何をするつもりだ？」

「勅命があったにもかかわらず、幕府はいまだ碧眼紅毛《へきがんこうもう》にひれ伏し、攘夷決行も出来んでいたらく……。唯々諾々《いいだくだく》と開いた横濱港《よこはまこう》ば、封鎖しないと、日本は終わりです。

横濱から狙われたら、お城はひとたまりもありません。幕府の腰抜けぶりに、われらはもう我慢できん。近々に兵を挙げますぞ」

と性急にまくしたてた。

「聞いた話じゃ、清河先生も横濱襲撃ば考えておられたとか。清河門下に、先生の御遺志を継ぐ者はおらんのですか。先生の仇を討ち、攘夷ば決行する気概ある者は、おらんですか?」

「…………」

「こう申しちゃ何だが、わしは感心しておるんですよ。山岡さんは閉門蟄居などという無礼に、よく耐えておらるると。山岡さんほどのお方が、ごじゃっぺばかりの幕府に……」

思わず口に出た水戸言葉に、少し声を詰まらせ、

「今のお歴々は腰抜けばかりです。そんな無能な輩の指図に、山岡さんはいつまで甘んじておられるですか。この閉門蟄居は、才と時間の無駄使いと申すべきもの。閉じた門なんぞぶち壊して、外に飛び出すべきじゃありませんか。それこそが、清河先生の仇ば取るということじゃないですか」

「…………」

「その辺をどうお考えか、それを窺うのが、もう一つの用件です」

「おれにどうしろと？」

「わしと一緒に、水戸に来らっせ。清河先生も一時、水戸に身を隠しておられたでしょう」

鉄太郎は、大きく息を吐いて腕を組んだ。それを言いにここまで来たのか、と驚きで目をみはる気分だった。

「行ってどうする？」

「君上の御ために、共に闘おうと……それがかねてからの願いです。しばらく、わしらの元に避難されてはいかがです？　及ばずながら、身辺のことは、わしらがお世話いたしますよ」

「ふーむ」

かれはしばし沈黙してから言った。

「それは実に有り難てえ話だが、しかし……そう簡単にはいかねえよ」

「何故です？　このままじゃ、日本が夷狄《いてき》に支配されるのが、目に見えておるではないですか」

「天狗党……今やその名は鳴り響いておる、その志にはおれも感服しておるがね。だがそこには、水戸藩の内輪もめが絡んでると聞く。内輪揉めには付き合えねえ。おれなんぞの出る場じゃ……」

「いやいや、それはそれとして……」

「いや、おれは、骨のずいまで徳川《とくせん》の臣だ。あくまで幕臣として、御政道を糾《ただ》す役目を全うしたい」

「山岡さん、世の中は凄まじく動いておるんです。このままここで、徳川の沈む船ば傍観しておられるか」

「沈む船なら、共に沈む覚悟だ。しかしその前に天狗党も、少し考えてみてはどうか。やみくもな攘夷論は、天下を危うくする。先般、攘夷を決行した長州も薩摩も、とんだ負け戦だった。どうも外国は、おれらの上をいってるのでは……」

と言いかけると岩谷はいきなり中腰になり、ギラリと脇差しを抜いた。

鉄太郎は胡座をかいたまま、微動もしない。

「山岡さんを、腰抜け呼ばわりは致すまい」

岩谷は赤く充血して目で、鉄太郎を睨みつけた。

「しかし、腰抜けが幕府ば駄目にしてはおらんですか」

「…………」

鉄太郎は何も言わない。だが一瞬の睨み合いで、岩谷は脇差しを鉄太郎に向けず、畳にブスリと突き刺した。

鉄太郎は、畳から脇差しを抜いて相手に放り、静かに言った。

「おれは腰抜けで、構わんよ、岩谷……。幽閉生活も、そう捨てたもんじゃねえ。おれのような腰の定まらん〝ごじゃっぺ〟には、物を考えるいい機会かもしれん」

するとと岩谷はいきりたった。

「今さら何ば考えますか」

「わが行くべき道を、だ」

「今は決行あるのみじゃ。それ以外に何がある！」

言い捨てて足音荒く岩谷が去った時、座に射し込んでいた光が、もう縁側まで退いているのに気がついた。

三

宵の空を焦がす火の手は、さらに大きくなっている。小火《ぼや》などではないのは明らかだった。

もしかして、天狗党の決起の烽火《のろし》ではないのか。岩谷や、かれの私淑する藤田小四郎が、あの下にいるのではないか。

あの日の光景が、一瞬にして通り過ぎた鉄太郎は、

「兄上、どうします、行きますか？」

と、問いかけた。禁門破りは切腹である。

そんな物騒な相談に、謙三郎は振り向いた。

「これはただごとではないな」

口調は穏やかだが、その切れ長な目は殺気立っており、鉄太郎と同じ思いが滾《たぎ》っているのが見てとれる。

幽閉されたまま腐死するくらいなら、切腹の方が良かろうと。

凶と出ようと吉と出ようと、討って出て、散ろうじゃないかと。

実は謙三郎もまた、炎上する本丸を目《ま》の当たりにして、一つのことを思い出していたのである。

遠い昔、御政道の乱れをただそうと、〝江戸城乗っ取り〟を目論《もくろ》んだ、槍ひとすじの若者がいたことだ。

三代将軍家光公が逝去《せいきょ》し、世が乱れた頃のお話だ。

謙三郎は槍を修行中の少年の頃、浄瑠璃《じょうるり》や歌舞伎《かぶき》で語り継がれるその若者に心惹

かれ、憧れを抱いたものだった。

幕府転覆を企てた首謀者は、軍学者由井正雪《ゆいしょうせつ》。それに賛同して加担したのが、宝蔵院流槍術師範の丸橋忠弥《まるばしちゅうや》だった。

忠弥が城に忍び込んで火薬庫を爆発させ、各所に火を放って城を火の海にする。同時に由井正雪が京で決起し、帝《みかど》を奉って、勅命をもって幕府を倒す……。

そんな途方もないが、胸のすくような謀略だった。

ところが味方の密告で計画は発覚し、首謀者は磔刑《たっけい》に処せられたという。それからほぼ二百年。

一暴れも出来ぬまま刑場の露と消えた丸橋忠弥に同情が集まり、今も〝義賊〟として江戸っ子に人気があるのだった。

今、その周到な筋書きになぞらえて、その実現を企む叛徒が現れたなら、薩長の暴走を押さえられぬ弱体な幕府は、ひとたまりもないだろう。

そう思って謙三郎は、背筋を寒くしたところである。

「むろん行くぞ」

謙三郎は間髪《かんはつ》を入れず、きっぱり答えた。

「我が身を捨てて駆けつけてこそ、直参旗本！」

「師匠、われらもお伴つかまつりますぞ！」

とそれを聞いた高橋道場の門人ら数人が、武者ぶるいを隠さずに口々に申し立てる。

「よろしい。これから私と鉄太郎は、禁門を破って、江戸城警衛に参上いたす。おそらく生きて帰らんだろうが、それでも共に来る者は、ただちに身拵《みごしら》えして庭に集まれ！　お澪、支度だ……」

言って、謙三郎は自室に消えた。

鉄太郎は、踏み抜きそうに階段を転がり下りて、我が家に駆け戻った。

「お英、槍の用意だ。すぐ出かけるぞ」

「ええっ？」

お英は驚いて立ちすくんだ。

「出かけてもよろしいのですかえ」

「いいも悪いもねえんだ。お城にコトがあっては一大事、お咎めは二の次だ」

鉢巻きに襷がけ、腰に三尺の大太刀をおび、槍を小脇に抱えた。飛び出す前に、ふと頭をよぎったことがある。

三日前の冬至の日に、お菜が持ってきてくれた〝お守り〟だった。

冬至は〝一陽来復《いちようらいふく》〟ともいい、一年中でお陽様が最も弱まる日だ。つまりどん底であり、これから日々回復に向かうという意味がある。

早稲田《わせだ》の穴八幡宮《あなはちまんぐう》が、そんな〝復活〟を祈願する護符を発行しているので、お菜がそこまで行って買ってきたという。

「ありがとうよ」

とその時は苦笑して受け取り、どこかの棚に放っておいたのだ。

かれはその護符を探して懐にねじ込み、家を飛び出そうとした。

そこへ走り込んできたのは、やはり長巻《ながまき》（野太刀）を抱え、すっかり戦支度を整えた幕臣松岡萬だった。

かれもまた、同じ小石川の拝領屋敷に蟄居中の身である。

「やっ、おぬし、どうした！」

「ははっ、鷹匠町の御両人が、ノホホンと二階から火事見物ってわけはなかろうと思ってな。遅れてはならじと、おっとり刀で駆けつけた。おれもぜひ加わえてくれ、一緒に腹を切らしてもらう」

「同志とは、同じように考える者のことだな」

と二人は肩を叩き合い、七か月ぶりの再会を喜んだ。

高橋家の庭先には、謙三郎の栗毛《くりげ》の愛馬が引き出され、鼻息も荒く、蹄《ひづめ》を鳴らして、馬上の主を待っている。

すでに幕臣の鈴木兄弟や、門人、同志らが、道場備えつけの真槍の鞘を払って手に手に抱え、集まっていた。遅ればせにバラバラ馳せ参じる者らを加えると、総勢二十数人に及んだ。

そこへ現れた謙三郎の支度に、一同はどよめいた。

下に白無垢《しろむく》を、その上に黒羽二重の小袖を重ね、黒羅紗《くろらしゃ》の火事羽織を纏って、光沢のある黄緞子《きどんす》の古袴を穿いている。

白無垢に黒羽二重は、死に装束である。

逞しい愛馬に跨がったその姿は、死地に向かう武士そのものだったが、惜しむらくは、頰から顎にかけて髭がぼうぼうでむさくるしい。長髪を一つに束ね、額に鉢巻きを締めているのがせめてもの身だしなみか。

その左側に大男の鉄太郎、右側に松岡が従ったが、この二人も同じようにむさくるしい。

「門を開けよ！」

と馬上から号令が響く。それに呼応し、すでに竹矢来《たけやらい》を外して待っていた下男が、勢いよく門扉を開く。

先頭の一騎が、まるで門を蹴破るようにして早足で出て行った。

徒歩の一隊がそれに続いた。

謙三郎二十九。鉄太郎二十八、松岡二十六。門弟らも皆若かった。押さえつけ、溜めていた力がはじけたようだった。

そのあとを追うように、両家の女たち子どもらが走り出て来た。

一行が生きて帰らぬかもしれぬ、と知るお英やお澪は、その場に佇んで息も止めるようにじっと見送っている。

お菜は開かれた門から少し離れて立ち、息を潜めてこの異様な光景を見届けた。

四

江戸城炎上！

この一大事を告げる半鐘が、不気味に鳴り響いていた。

風は微風だったが、いつ風向きが変わらぬとも限らない。風下《かざしも》に住む人々は慌てふためいて、手荷物抱えて避難先へ走っていく。火事見物の野次馬が、路上を右往左往する。

その中を、一行は隊列を崩さず城に向かって走った。

途中で一軒だけ立ち寄った。謙三郎の上司にあたる佐藤兵庫《さとうひょうご》の邸宅である。佐藤は五千石の禄高をもつ寄合肝煎《きもいり》で、猿楽町《さるがくちょう》に大きな屋敷を構えていた。

その主はとうに登城していよう。だが禁を破って出馬する以上、留守宅であれ、一応の断りを入れておかねば誤解を生むかもしれぬ……と考えたのである。

ところがこの非常時に、門は閉ざされたままだった。

謙三郎は馬から下りて門を叩き、主人か留守番への面会を請うた。

やがて玄関まで案内されると、そこに現れたのは、留守とばかり思っていた兵庫その人だった。

旗本大身にしては呑気過ぎるこの御仁は、戦さ支度の謙三郎を見て顔色を変えた。

「き、貴公、閉門中ではなかったか！」

「先刻よりのお城の炎上、ただ事ではないと見受けました。あの勢いでは主上《しゅじょう》に大事が及ぶと案じられ、幕臣として看過《かんか》し難く、禁を破って出馬しました。畏れ多くもこれより城に馳せ参じ、御警衛の任につく所存です。そのむねひと言、断りを申しに参った次第でござる」

謙三郎は、よく響く大音声《だいおんじょう》で言い放った。

「き、貴下の誠忠は相わかった、しかし……」

相手は狼狽のためとっさに舌が回らない。目を宙空に流し、また目前の謙三郎に戻して、身を震わしている。

「あいや、お咎めは覚悟の上でござる。途中で切腹の命《めい》もあろうと存じ、その支度も整えて参った。落ち度はすべてこの高橋にあるのだから、お咎めがこちら様に及ぶことの無きよう、よろしく言上《ごんじょう》申し上げてくだされ」

「待て待て！」

ようやく兵庫は、舌が廻り始めた。

「早まるでないぞ。御奉公は今日一日に限るまい。ここで命を捨てては、君上は一人の忠臣を失うことになる。機に備えて自重することも、臣たる者の務めではござらぬか。悪いことは申さぬ。戻られよ。貴下のことは、よろしく言上致すによって、ここは直ちに屋敷に帰られよ！」

かれは我が言に感激してか、涙しつつ説諭する。

だがすでに、賽《さい》は投げられたのである。

「お言葉ごもっともです。しかし幽閉中の我が身に、明日の猶予があるとは考えません。いま出来ることはいま成すべきで、後戻りはあり得ぬこと。帰路は断っての出馬ゆえ、今は先を急ぐのみです。ではこれにてご免」

城に向かって、高橋隊はひたすら駆けた。

鉄太郎には、風を切って走るのが無上《むじょう》に爽快だった。

夜に向かう冷たい空気が旨《うま》かった。解き放たれて自由に駆ける馬のように、全身に空気が漲《みなぎ》っていくのが感じられた。

至誠の心には一点の曇りもない。だがもしかしたら自分は、このために、この一刻の自由のために、禁を犯したのではないか……とさえ思えてくるほどだった。

城に近づくにつれ、本丸と二之丸に上がる火焔が、煌々《こうこう》と宵の空を焦がし、遠くで見た以上の凄まじさだった。その炎が、夜道を明るく照らし出している。

おかげで、闇に紛れて行くはずのこの一隊に、道行く人々が驚愕の目を向けてきた。馬上の武士も、両側に付く者も、見たこともないような異様な風体《ふうてい》である。その後ろに隊列を組む者らもまた、槍を抱え、血相を変えて走っていた。

濠《ほり》の廻りには、炎に追われて城内から逃げてきた人々や、荷を抱えて避難する近所の住民や、隊列を組んで城内に走り込んでいく火消し人足でごった返していた。

バチバチと燃え上がった火の粉が、火の勢いで起こったつむじ風に乗って降ってくる。その下をくぐり抜けながら、高橋隊は濠の廻りを何回も巡った。

ただ走るのではない。人けのない闇を透《すか》し見、また群衆に視線を巡らして、不逞《ふてい》の輩《やから》が潜んでいないか見届けるのである。

その途中、城門に立ち寄って状況を問うた。

「上様と御台様《みだい》は、吹上御苑《ふきあげぎょえん》に無事ご避難遊ばされた」

という朗報を得て、一同はやっと安堵の声を上げた。

「どうやら叛徒の仕業ではなさそうだ」

謙三郎がそう断じたのは、ようやく火事が下火《したび》に向かった頃だった。鎮火したのは、亥《い》の刻（十時）近い深夜である。

ほぼ二刻（四時間）にわたって走り廻って、かれらはへとへとだった。火事の粉塵と汗にまみれ、全員の顔が恐ろしいほど険しく見える。

一隊を率いて謙三郎は、大手門前の老中酒井雅楽頭《さかいうたのかみ》様の番所になだれ込み、休息を請うた。

数ある番所の中でも最も厳しいとされるこの番所が、一同のあまりの勢いに押され、誰も何も咎めなかった。

謙三郎も鉄太郎も、手桶の水を大柄杓で何杯も飲んだ。

一同もまた柄杓を回してゴクゴク飲み、激しい渇きを満たす。

それから皆で外に出て、鎮火していく城をじっと眺めた。今まで赤く燃え盛っていた部分が、黒い穴のように暗くなっていく。

そして火の城は、ついに巨大な闇に沈んだのである。それはどこか、幕府の前途を暗示するようで、一同は声もなかった。

「念のため、もう一度回って引き上げよう」

最後に、謙三郎が号令をかけた。

一同は高張提灯《たかばりぢようちん》を掲げ、炎が鎮まって真っ暗になった中へ、もう一度踏み込んで行く。まだ多くの人が蠢《うごめ》く城の周囲をゆっくりと巡って、異常のないのを見届けた。

「よし、これでわれらのつとめは終わった。諸君、まことにご苦労であった。これから戻るぞ」

謙三郎が言う。

「これで屋敷に帰るが、私と、義弟、松岡の三名は、それからお咎めを待つことになる。諸君らは都合のいい所で暫時《ざんじ》、隊列を抜けて行け。これが最後になるかもしれんが、挨拶はいらんぞ」

一同は言葉もなく、ほんの微かに闇の底が白み始めた中を、粛々《しゅくしゅく》と進んだ。鉄太郎は暴れるだけ暴れた実感があって、清々《すがすが》しい気分だった。やるだけやったのだ、これでいい。

一橋御門《ひとつばしごもん》あたりまで行った時、前方の闇の中から五十名ほどの一団が近づいてくる。

「おお？　あれは、講武所の……」

と遠目のきく鉄太郎が、提灯を掲げてしきりに闇を見透かしている。相手側も、怪しむように、提灯を高く掲げて近寄ってきた。

「講武所奉行並の沢左近将監《さわさこんしょうげん》！」

と相手が先に名乗る。沢将監は謙三郎より二つ三つ年上で、講武所でも気脈の通じた仲だった。

「高橋伊勢守《いせのかみ》謙三郎にござる！」

「おおっ、高橋か」

闇に浮かび上がった馬上の武士を、沢はやっと分かったらしい。見分けられなくて当然のひげ面だった。

両者は馬の手綱を引き締めつつ、互いの顔が見分けられる所まで近寄った。驚愕の目をみはって、沢が言った。

「お城の警衛に参じての帰りと見たが？」

「仰せの通り」

すると沢は強ばった頬をゆるめ、ニコリとした。

「さすが高橋、よくぞ踏み切ったな！」

「いい所でお会いしました。これから、御沙汰がありましょう。沢様にお目にかかるのも、これが最後かもしれません」

と謙三郎も微笑して言い、一礼する。

馬上で互いに頷き合って、すれ違った。

冬の夜明けは遅い。なかなか明けやらぬ薄闇の中を、一隊は高橋宅の前まで来ていた。門前に勢揃いした者らを見ると、一人も抜けておらず、同じ面子《メンツ》が揃っている。

「さあ、名残を惜しむのもここまでだ。家に戻って暖をとれ」

吐く息が、白く見えた。

待ち構えていた門番が門を開く。

中に吸い込まれて行ったのは、科人の謙三郎、鉄太郎、松岡の三人だった。再び門が閉ざされた時、薄闇の中に居並ぶ門弟らから、悲鳴のような泣き声が上がった。

背後にその声を聞いた鉄太郎は、いよいよこれで年貢の納め時かなと思った。

五

高橋家では女たちが寝もやらず、湯を沸かして待っていた。

三人は汗と埃でドロドロの身体を、湯で浄《きよ》め、いつ上使が来て沙汰を命じられてもいいように、白装束を身につける。

御隠居の古い記憶に従って、割腹する奥座敷の畳二枚を裏返しにし、屏風《びょうぶ》を逆さに立てるなど、それなりの準備を整えた。

御隠居の指図で酒が出された。

「切腹などというもんは、ヤッとばかり一気に逝くもんだ。酒でも飲んで気合を入れろ」

というのがかれの説である。三人は酒が入ると、今日の首尾をあれこれ談じて、一升が瞬く間に無くなった。

やがて夜が明けて、道を行く豆腐屋の売り声などが聞こえ始めたが、上使はまだやって来ない。

「しばらく待たされるかもしれんな。あの大火事のあとだ、どさくさで、おれらまでは手が回らんのだ」

と誰かが言い、さもあろうと皆は頷き合った。

本丸は、表、中奥、大奥の三部分から成っているが、そのすべてを全焼し、さらに二の丸が焼けたのである。避難や、後始末に、城はごったがえしているだろう。

「だが油断するな。こういうこたァ、来ねえのかと思った頃に突然やって来るんだ。願わくば、気がゆるまんうちに来てもらいてえが、そうもいくめえな。わしは寝る」

と御隠居は言って、寝室に引き上げてしまった。

そのうち、疲れからだろう、盃を手にした松岡が、座ったまま居眠りを始めた。

「こいつ、肝の太いやつだな……」

と謙三郎はそれを見て苦笑する。お澪に夜具を持って来させて畳に横に眠らせると、さらに鼾《いびき》をかき始めた。

「自分らも、少し眠ろうか」

「おれは、松岡とは違う」

と鉄太郎も苦笑して言った。

疲れてはいるが、少しでも起きていたかった。眠りは覚醒のためにあるのだから、もう眠る必要はない、という思いがある。

だが結局はしばし休もうか、とどちらからともなく言い出した。外が白み始める頃に、解散ということになった。


夜明けの冬空ほど、寒々しい鉛色はない。

なかなか明けきらず、どこか薄暗い強い寒気の中を、鉄太郎はお英と共に自宅に引き上げた。

寝床はとらず、雨戸は閉めきったまま、冷たく暗い座敷の中央で座禅を組んだ。こうして、その時を静かに待とうと思った。

家人らは眠りについたようで、家の中はしんと静まっている。

だが疲れと、久しぶりの酒と、死を前にした張りつめた興奮のため、なかなか集中出来ない。頭の芯がシンと冷えているのに、嫌な眠気がさしてくる。

何度かウトウトとして首がたれた。

何度めだったろうか。ふと近くに人の気配を感じ、ハッとして顔を上げた。

(いよいよ来たか)

上使が庭から回ってきたのだ、ととっさに考えた。

立ち上がって縁側に出て、雨戸を一枚開けた。凍えそうな寒気が押し寄せてきて、身体を包む。

冬枯れた殺風景な庭は、氷雨《ひさめ》でもきそうな薄曇りに閉ざされて、カラスも鳴かない静けさである。

それらしい人影は、どこにもなかった。

だが、鉄太郎は息を飲んだ。

男が一人、庭の中ほどに立っているのだ。

鉄太郎は目を凝らした。夢だ、と思った。

凍りついた薄暗さの中に浮かび上がっているのは、紋付きの黒い羽織、袴、鉄扇を手にした見馴れた姿だった。

その端正な顔は、じっとこちらに向けられている。

(おれを見ているのだ)

さすがに鳥肌が立った。清澄で剣先のような冷気が、全身に突き刺さってくるようだった。

(これは夢だ。おれは夢を見ている)

着替えてからも肌身離さず懐にある護符を、思わず握りしめた。

夢なら醒《さ》めよ！

目覚めようと懸命にもがいたが、身体が動かない。おれを迎えに来てくれたのか……と言おうとしたが、声にならない。

「清河さん！」

とようやく丹田《たんでん》から大声を発すると、不意に呪縛《じゅばく》が解けたように、全身が楽になった。

「おれももうすぐそちらへ行くが、なかなか迎えが来ねえんで待ちくたびれた」

これは夢だ、と思いつつも言う。

「あんたが導いてくれるなら、有り難え」

「……まだ早いぞ、山岡さん」

そんないつもの冷静な声が聞こえたような気がした。

「いや、清河さん、おれはあんたに会いたい、会って訊きてえことがいろいろある……」

とっさに、思いも寄らぬ言葉が、猛烈な勢いで口をついて出た。

だがそれには答えずに、相手は言った。

「貴公にはまだ、為すべきことがあるはずだ」

言い終えると、その姿は、薄らいでいく。

「あっ、ま、待ってくれ……」

かれは叫んだ。

だが、もうそこにはその姿はない。そこに漂うのは謎めいた言葉の余韻だけだ。風が出て来たのか、枯れた紫陽花の茂みが、微かに揺れている。

我に返ってみると、自分が一体何を訊きたかったのか、遠い夢の破片のようで、何も思い出せない。

ただ涙が、滂沱《ぼうだ》と頰を伝っていた。

思えばあの一之橋の暗殺事件以来、我が身のあまりの急展開に、清河八郎のために泣く余裕などなかった。これほどさめざめ涙を流したのは、初めてだった。

その時、縁側に入って来る足音がした。

「まあ、今どなたと話しておられましたかえ?」

とお英の問う声がする。

「今しがた、誰かが庭を通る気配がしましたが……」

「いや」

と鉄太郎は言葉を濁し、涙を隠した。

「上使が来たような気がして庭を見たんだが、誰もおらん。風が出て来たようだ。少し眠るから床をとってくれ」

蒲団にもぐり込むや、すぐに深い眠りに落ちた。

猛烈に鼾をかいて、死んだように眠りをむさぼった。目が冷めた時はすでに夕方になっていた。

その時になってもまだ、上使は来なかったのである。


一か月後の師走《しわす》の初め、老中から謙三郎にお呼びがかかった。

威儀をただして城に出頭すると、謹慎の免除が言い渡された。

それと同時に、二の丸留守居と槍術師範に復帰するという、思いがけぬ温情の沙汰だった。

さらに師走も押し詰まった二十五日、鉄太郎と松岡萬にも沙汰が下った。八か月にわたる幽閉が、解かれたのである。

ただ謙三郎とは違って、何の役もない小普請《こぶしん》入りだった。

貧乏御家人に戻ったにすぎなかったが、我が身の修行に専念できる自由が、どんなに有り難かったことか。かれは穴八幡の護符を、神棚に捧げた。

もちろんこの異例の寛大な措置の裏には、同輩先輩の、ひとかたならぬ嘆願があったと聞く。

その主砲が、未明に一つ橋門で出会ったあの沢左近将監だと知ったのは、もう少しあとになってからのことである。

第四話　月下美人

一

雨が降っている。

しとしとと、いつまでたっても止みそうにない、意気地の定まらぬ春の雨である。

日暮れまで間のあるうちから、〝あじさい亭〟の小上がりにどっかと腰を据えて、鉄太郎は鬱屈《うっくつ》していた。

酔いの回りだした頭に、先ほどから埒《らち》もない自問自答が取り憑《つ》いて離れない。

埒もないと承知なら、さっさと切り替えればよさそうなものだが、いったん考え始めるととことん突き詰めるのがかれの厄介な性分で、これも外の雨と同様、止まりそうにない。

いつもならそんな煮詰まった様子を察すると、お菜がいい具合に目をくりくりさせて話しかけて来るのだが、今日は帳場が忙しいらしく、酒を運んできたきりいっこうに寄ってこない。

その埒もあかない自問自答とは、今日は〝剣術〟ではなく〝女〟である。自分には永遠に、女という魔性の生き物が分からないのではないか、という重大問題だった。

そもそもかれにとって、すべての男の煩悩《ぼんのう》の源である〝女〟の探求は、剣術に匹敵するほど気合をいれて打ち込む、真剣な修行の対象だったのだ。

お英と夫婦になってからも、数えきれないほどの女たちと情をかわしてきた。だが未だに、女というものがさっぱり分からない。

剣術の方は、むろん奥義には到達できないまでも、〝浅利又七郎《あさりまたしちろう》〟という最強の師を得て、確かな道筋は摑みつつあるという手応えは感じている。

だが女の方は、これまでなけなしの金と時間をつぎ込んできたのに、女の不可思議さを痛感させられただけに終わっている。

何という体《てい》たらくだ。かくなる上は、〝日本中の女郎をなで斬りにする〟くらいの心意気で、修行するしかない……。

……であれば、こんな所でうだうだ酒を呑んで、くだらぬ自問自答しているより、さっさと色里へ出動し、しかるべき相手と〝色道修行〟に励むべきだが、今日はそれが叶わない。

肝心な軍資金に事欠いていた。

頼みにしている金策の当《あ》てがないでもないが、つい先日、都合してもらったばかりだから、今日もまたというわけにもいかぬ。

やむなく今日は、〝あじさい亭〟での独酌となったのだ。

つまり自分の自問自答の元凶は、ただの欲求不満であったか……。いかんいかん、今日は早めに切り上げて、座禅を組もうか。

そう考えているところへ、いきなり声が降ってきた。

「貴公、どうした、浮かぬ顔だな」

驚いて顔を上げると、薩摩藩士の益満休之助である。

「いま鷹匠町の屋敷を訪ねたら、奥方がこちらではないかと……。ははは、さすがに奥方はよく心得ておいでだ」

笑いながらさっさと上がり込み、お菜に盃を持ってこさせて、鉄太郎の徳利から勝手に酒を注ぎ、一気に呷《あお》った。

「いや、ちと考え事をしておった」

益満が入って来たのも気づかなかったバツの悪さに、かれはことさらぶっきら棒に言った。

「ははは、その顔つきじゃ大方、女のことでも考えていたんだろう」

と呵々大笑《かかたいしょう》する相手を、鉄太郎は睨みつけた。

「大きなお世話だ。貴公こそ、何の用だ」

貴公などとは、改まった時しか言わない。

益満は鉄太郎より五つ下だが、普段は〝休さん〟〝鉄さん〟と気安く呼び合う間柄である。お玉が池の清河塾で知り合ってから、もう長い付き合いだった。

薩摩藩江戸屋敷の勤番として、江戸詰めが長く、その正体はどうやら密偵らしいと噂だが、本人はもちろん言ったことはない。

ただ江戸の表裏に通じており、他藩の有力な藩士や豪商、さらに闇世界まで、幅広い人脈を築いていた。流暢な江戸弁を駆使し、遊里に通じた粋人でもあった。

情報収集の名目で、藩の裏帳簿から接待費が引き出せるため、それを闊達自在に使い、文無しの鉄太郎をしばしば吉原での遊興に誘ってくれる頼もしい友人でもある。

「いや。格別のことではない。しばらく無沙汰をしておったんで、ご機嫌伺いさ」

「ご機嫌は良からずだ。雨が長過ぎる」

「そうだな、長い雨だ」

互いに手酌で黙々と呑み、またたくまに大きな徳利を三本あけた。

「では憂さ晴らしに、いざ出陣と参りますか。いや、おれもちょっと義理があるんで、ちと付き合えよ」

うまい具合に金主が転がり込んできたことに内心ほくそ笑みつつ、鉄太郎はお菜を呼んで言った。

「菜坊、おれはちと用が出来て出かけることになった。鷹匠町から誰か探しに来たら、今夜は遅くなると言っといてくれ」


雨の中、二人が駕籠で向かったのは品川だった。

遊女を抱える色里として、品川は吉原より格は落ちる。妓楼も表向きは〝旅籠〟となっている分、玉代《ぎょくだい》も手頃で気軽に遊べる。

藩邸の勤番侍や、芝の増上寺《ぞうじょうじ》の僧侶らが、もっぱらここをひいきにしているという噂である。

鉄太郎は品川には不案内だったが、薩摩藩邸がここから遠からぬ三田にあるため、益満は馴染みの上客のようだった。

てっきり妓楼の前まで駕籠で乗り付けると思いきや、かれは汐留川《しおどめがわ》にかかる芝口橋《しばぐちばし》のたもとで辻駕籠を乗り捨てた。

ここから品川まではまだ距離がある。

いぶかしむ鉄太郎を尻目に、かれは先に立って歩きだし、近くの立派な構えの駕籠屋に入って行った。〝初音屋《はつねや》〟といい、日頃は駕籠などに用のない鉄太郎でも、その名を知る上等の駕籠屋だ。

「ここの駕籠で乗り付けると、女郎屋の待遇が、まるで違うんだよ」

と益満は、笑いながら囁いた。

〝初音屋〟の提灯を掲げた二台の駕籠は、やがて品川宿に入る。

すでに徒歩新宿《かちしんじゅく》には明かりが灯り、雨に滲んで、不夜城の艶かしさを放っていた。

駕籠は、その大通りに面した〝大黒屋《だいこくや》〟という妓楼の前に横付けになった。

二

「いらっしゃいまし、さ、さ、どうぞ……」

と玄関で若い衆に迎えられ、益満は勝手知ったるふうにさっさと中に上がる。番頭らしい男や遣《や》り手《て》らしい女と親しげに話し、首尾よく交渉がまとまったらしい。

「貴公は運がいい。敵娼《あいかた》に、ここ一番の上玉を手配出来たぞ。おれは明日、野暮用があるんで、夜明け前に失敬する。貴公はゆっくり遊んで行ってくれ。じゃあお先に」

と言うや、誰の案内も待たずに、階段を上がっていく。

呆気に取られて見送っていると、若い衆が寄ってきた。

「さ、さ、山岡様もお二階へ……」

いったい幾つぐらい小部屋があるものか、鉄太郎は薄暗い廊下を右へ左へと曲がって、ようやく奥の部屋に収まった。

ほどなく若い衆が、酒と小鉢の膳を運んで来る。

益満の言う〝上玉〟とはどんな女だろう。売れっ妓だろうから、どれだけ待たされるのかと気を揉んでいると、意外にも、徳利を一本空けぬうちに、襖の外で女の声がした。

応答する間もなく襖が開いて、今宵の敵娼が姿を見せた。

「ごめんなんし、お待たせして。お春《はる》と申します」

鉄太郎はその顔を行灯の灯りで確認し、ちょっと拍子抜けした。

もちろん醜いわけではない。色白で鼻筋通り、口許は小さいとはいえないが、きりりと締まっている。

〝上玉〟の言葉にいささか期待し過ぎたらしい。

年の頃はお英と同じくらいだろう。

「山岡様は、益満様とお知り合いでおざんすか」

隣に坐り、徳利を手にして酌をしながら訊く。

「ああ、悪所通いの仲間だ」

「まあ、ここが悪所なら、わっちらは悪女ですかえ」

「いやいや、洒落《しゃれ》というものよ。お前が悪女なら、おれは悪漢、あの益満なんか大悪党になるかな。よく来るのかね？」

「ほほほ、うちに限らず、品川宿であの方を知らぬ店はありません」

などと他愛ないやりとりをするうち、酒が回ってくる。

やがて鉄太郎は膳を下げさせ、着物を脱ぎ捨てて、整えられている華やかな夜具に身を滑り込ませた。

ややあって、帯を解いたお春がひっそりと身を寄せてくる。

薄明かりの中に、それまで着衣に隠されていた肌が、月の光でも浴びたように仄白く浮かび上がった。こんな白い肌を、鉄太郎は今まで見たことがなかった。

抱き寄せると、女の身体は頼りないほど柔らかく儚《はかな》げだった。その肌が上気すると、微かに甘く妖艶な芳香が立ち上がって来る。

鉄太郎は、誰かに聞いたか何かの書物で読んだか、遠い南の異国に咲くという、不思議な花のことを思い出した。

その花は夏の一夜だけ、月の出から月の入りまでのわずかな間、大輪の白い花を咲かせるという。

花からは甘い芳香が漂って、人を酔わせるという。

鉄太郎はその一夜限りの幻の花を、腕の中に感じていた。

このお春はまぎれもなく〝上玉〟だ。一夜だけの縁では終わらぬかもしれない……。

そんな漠《ばく》たる予感と喜びにとらわれ、芳香を求めて、その白い肌に溺れていく。

女はやはり謎だ、自分の〝修行〟はこれからだ、と思いながら。

鉄太郎の品川通いが始まった。

五日もたたぬうちに一人で大黒屋に登楼すると、お春は驚いた様子だった。

「どうしてそんなに驚く。嫌われたかな」

「いえいえ、逆でございますよ」

とお春は酌をしながら言った。

「噂では、益満様は同じ女を相手にしないそうですから……」

「おれもそうだと？　ははは、おれはあの御仁とは違う」

「まあ、どう違いますかえ」

「あいつはどこか、女の勘所が分かってるような気がする」

というのも、必ずしも美人とは言えぬお春を、〃この妓楼一の上玉〃と喝破したからである。

「ところがこのおれは、女というものがどうも分からん。だから、意地になって追いかける。気に入ればの話だが……」

「ほほほ、嬉しゅうござんす。でもこのお春なんぞ追いかけて、何が分かりましょう。裏も表もない、これっきりの女ですもの」

かれは笑って、無言で酒をあおった。

お春は、自身のことを裏も表もないと思っているらしいが、床入りすると全く違うのである。

〃これっきりの女〃が、なぜあんな謎めいた女に変身するのか。

そんな女体の謎を、かれは言っている。だが〃これっきりの女〃と自らを称するお春が、ひどく可愛く思えた。

その夜も鉄太郎は、〝一夜限りの〟花のような芳香に陶酔した。


品川通いを重ねるうち、季節は春から夏に移っていた。

夏の夕暮れの、しゃっきりと打ち水をした妓楼の佇まいは、ことさらに心をそそる。打ち連れて入っていく藩士らしい若い武士たちの下駄の音、威勢のいい呼び込みの声、華やかな嬌声……。

陽が傾くと気もそぞろになるが、しかし行きたくても行けぬ日の方が多かった。むろん金の工面がままならぬのだ。

これといった定収入はなく、講武所で代稽古をしたり、お城の公務が忙しい謙三郎に代わって隣の道場で門弟に稽古をつけての謝礼がせいぜいである。

家には借金取りが押し掛ける。

それでも借りられるところからは借り尽くし、何としても行く算段をするのだった。

おかげで馴染み客として認められたか、大黒屋で泊まる部屋は、廻しの客のための名代部屋ではなく、お春専用の本部屋になることが多くなっていた。

そこは名代部屋より広く、八畳に四畳の勝手部屋がついていて、箪笥や鏡台、小机、火鉢などが置かれ、お春の私物もそこに収められている。

所帯道具の整った部屋で女に接していると、何だか所帯を構えたばかりの新婚夫婦のような、くすぐったい気分にもさせられた。

お春も廓《くるわ》言葉も使わないほど打ち解け、鉄太郎を〝鉄さま〟と呼び、行けない日が続くと焦れてみせるほどになっていた。

そんなある日のこと。

浅利道場での稽古を早く終えた鉄太郎は、不意の収入があったのをいいことに、いつもより早めに大黒屋に登楼した。

いつもの部屋で、お春がパタパタ扇ぐ団扇《うちわ》のかそけき風を受けて、酒を汲みかわしていると、襖の外で声がした。

頼んでおいた仕出しの料理が来たかと、お春が襖を開けると、そこに立っていたのは、いつか何かの折に挨拶されたことのある、若い売れっ妓の遊女だった。

白い化粧の下の素顔は分からないが、その顔はたぶん青ざめていただろう。目が充血して、白い手をいらいらと揉み合わせている。

お春はすぐに頷いてみせ、鉄太郎に言った。

「無粋で申し訳ございません、すぐ戻りますので少しお待ちを……」

丁寧にそう挨拶すると、女を促して部屋を出て行った。

鉄太郎は機嫌を損ねるでもなく、パタリパタリ……と団扇を使いつつ静かに呑んでいた。どのくらい待たされたものだろう。

やがて戻ってきたお春は、少しも変わらぬにこやかな顔で無礼を詫び、美しい手つきで酒をついだ。

何があったのか、鉄太郎も問いはしない。普段でも、お春の生い立ちや家族や出身地など、立ち入った事情を根掘り葉掘りすることは一度もなかった。

「何もお訊きになりませんのね」

と酒をつぎながら、お春がぽつりと言った。

「何かあったのか」

「いえ、何も。ただ……」

「ただ？」

「鉄さまと見込んで、お願いがございます。お染《そめ》の情夫《おとこ》になって頂けませんか」

「えっ、ち、ちょっと待ってくれ」

いきなり飛び出したお春の言葉に、鉄太郎は仰天した。

「お染って誰だ、先ほどの女か？　突然言われても困る。まずは順を追って、話してくれんか」

「すみません。あの妓は、あたしの妹分なんですよ」

とお春は微笑んでみせ、酒を手酌で注いで、立て続けに呷った。

「いえ、ちょっと困ったことになりましてね。少し長い話なので、ご退屈なさるかもしれませんが」

とお春は、次のようなことを語り始めた。

三

お染は〝大黒屋〟でお春と一、二を争う売れっ妓だったが、相思相愛の男がいたという。

かれは西国の大名家中の若い侍で、江戸勤番中に先輩に連れられて、〝大黒屋〟に登楼した。

その時に敵娼をつとめたお染に、一目惚れしてしまった。

初心《うぶ》な若侍は、すっかり夢中になって通い詰めた。初めはもてあまし気味だったお染も、役者のような美男の若侍の一途な熱情に、すっかりほだされてしまった。

〝遊女の惚れたは嘘の固まり〟というが、どうしてお染も負けず劣らず熱を上げ、若い二人は将来を誓い、夢を語るまでになっていた。

だが〝廓の金には詰まる習い〟という格言もある。遊里での色恋には金がかかり過ぎるのだ。

若侍の懐具合では、たちまち立ち行かなくなってしまった。

お染が自腹で揚代を負担することもあったが、それにも限りがある。恋に目がくらんだ若侍は、ついに藩邸の公金に手をつけるという暴挙に走ってしまった。

たちまちこれが留守居役に露見して、男は国元に送還されるという最悪の結果に陥った。これが一年半ほど前のことである。

お染は嘆き悲しみ、食も喉を通らぬ日々もあったが、お春をはじめとする大黒屋の人々の励ましもあって、別離の痛みも薄らいだ。

それでなくても苦痛に満ちた毎日の営みに追われ、過去のことはほとんど忘れかけていた。

そんな二か月前、男は江戸に舞い戻り、突然お染の前に姿を現したのである。

「ふむ、なるほど……」

と鉄太郎は聞き入っていた。

藩邸の公金の使い込みなどとんでもないが、廓通いのため途方もなく苦労している

かれには、身に詰まされる話だった。

「で、どうなったのだ」

「それがねえ」

若侍は、ほとんど別人のごとく変貌していたのである。

かつての初々しい美男の面影は失せ、頬がこけて無精髭がむさ苦しい今の顔は、陰惨と頽廃《たいはい》の色が濃かった。

身なりも様変わりしていた。かつての江戸詰めの勤番侍らしい凜々《りり》しさとは違い、遊び人ふうの着流しだった。

「お前のことは一日も忘れたことはなかった。いま一度逢いたいと、何もかも捨てて、江戸へやって来たのだ」

そう告げる男に、お染はただただ涙を流した。

ぽつりぽつりとかれが語るには――。

国元へ送還されると、謹慎の身となった。比較的軽い処分ですんだのは、藩の中で

も家格の高い家の跡取りであり、父親がただちにすべてを弁済したからである。

ところがその後に、もっと大きな問題が振り掛かった。

この藩でも、若い藩士たちが攘夷運動に熱を上げ、佐幕派の上層部と対立していた。男もまたその思想に共鳴し、過激派に名を連ねるようになったのである。

ついには佐幕派の幹部暗殺計画に関わり、剣の腕の立つかれは、自らの剣で頭目を斬るに至ってしまった。一線を越えた男の取る道は、脱藩であり、江戸に出て攘夷運動に加わることしかない。

かれは家と国を捨て、厳しい検問を逃れて江戸に向かった。

男をこのような行動に衝き動かしたのは、攘夷運動への共感だけではない。江戸へ出て、愛しい女に一目逢いたいという熱い想いがあってのことである。

それ以上詳しくは語ろうとしなかったが、遠い西国の果てから、追っ手の目を逃れて江戸に到達するためには、言語に絶する苦労があっただろう。

それを思って、お染は熱い涙を流した。

だがその一方で、あれほど胸を焦がした男への恋情が、見事なまでに消え失せていくのを、感じたのである。

男と肌を合わせてみて、それが痛感された。かつては手が触れ合っただけで全身の血が逆流するような興奮を感じたのに、今は身体の芯が、ただただ冷えていくばかりだった。

「ふーむ」

聞いている鉄太郎は身に詰まされるより、胸が痛くなった。

尊王攘夷の夢……。かつて自分が踊らされ、謹慎蟄居にまで追いやられたものである。〝攘夷〟の実態がどんなものか、皮が剝がれるように分かり始めている昨今だ。

「で……?」

とかれは訊いた。

男は三日に上げず、大黒屋に通うようになっていた。

かれは、大黒屋の支払いを滞らすことはなかった。揚代をきちんと払うばかりか、お染にも幾らかの金子《きんす》を置いていくのである。

この金回りの良さが、お染の新たな不安の種になった。

金の出どころは……と考えるといたたまれなくなる。この不景気な江戸で、そう金儲けの話があるはずがない。

「ねえ、江戸の暮らしは大変でしょう。来てくださるのは嬉しいけど、あまり無理はなさらないで……」

　ある時、酌をしながら、さりげなくそう探りを入れてみた。すると酔って口の軽くなった男は、とんでもないことを口にした。

「なに、心配するな。金は幾らでも出来る」

「どうして……？」

「同志と二人で、資金調達するのさ。相手は富裕な商家だ。この国難の今、攘夷の旗揚げの軍資金をお貸し願いたい……と申し出ると、三十両や五十両はすぐに出す。大きな商家なら百両は固い」

「も、もしかして、それ……」

　お染は恐ろしくて、口に出来なかった。

　最近、攘夷に名を借りた〝押借り〟なるものが、この江戸市中で横行しているのを耳にしている。ほとんどが、志士崩れの食い詰め浪人や、たちの悪いならず者の仕業という。

　たとえかれが本物の攘夷家としても、あの颯爽《さっそう》たる大名家の若侍が、いつから〝押借り〟に成り下がったのか。

「お染、おれはどうなろうとも、お前をはなさんぞ。どんなことをしてでも金を作り、逢いにくる」

お染の驚きを見てとって肩を抱き、耳元で熱く囁くのである。

そのうち〝駆け落ち〟の話が、その口から出るようになった。

「お前と、一刻でも離れているのが辛い。どうだろう、ここを逃げ出して、どこかで二人で暮らさないか」

床入りのたびに、繰り返しそう言い募る。

「年季が明けるまで待っててちょうだい」

と初めのうちは繰り返していたお染だが、あまりの執拗さに、触れられても鳥肌が立つほど嫌悪感を抱くようになった。

そんな男が、ついに具体的な計画を持ちかけて来たのだ。

大黒屋の遊女たちは、月に一度、品川大明神への月参りで、連れ立って外出する。その機会を狙って逃げよう、というのである。

目がくらむほど頭に血が上ったお染は、ついに愛想尽かしの一言を口走ってしまった。

「それは堪忍してちょうだい。あたしには今、幕臣の情人《おとこ》がいます。金で買われる身ですから、あんた一人のためには動けない」

とたんに、この遊女の部屋は無惨な修羅場となった。

男は、お染の細い首を絞め、その情人《いろ》の名を言えと迫った。

お染はそれを拒み、何とか逃れて部屋の外に這い出し、救けを求めた。男が丸腰で襖を蹴倒し、飛び出したところを、若い衆に取り押さえられたのである。

四

「なるほど、それでおれの出番というわけか」

鉄太郎は、苦笑して頷いた。

「しかしその男、幕臣と聞いて、尻尾を巻いて逃げたんじゃねえのか」

「となればよかったんだけど、どうやら執念深いお侍様で、お染の情人を探してるみたいなんです。実際にはそんな人はおりませんから、もしばれたら大変……」

とお春は肩をすくめた。

「今もねえ、玄関に現れたらしいのです。お染を出せと……。番頭さんが、お役人を呼ぶと言って追い返したようですけど、たちが悪いのね。妹を助けると思って、ひと肌脱いでやってくれませんか。少しの間でいいんです」

「人助けはやぶさかじゃねえが、どうやら名前を貸すだけではすまんな」

「はい、一応はそれなりの形を見せて頂きませんと……。もちろん、お染の揚代は頂きません。店の者の口から、外にどう伝わるか分かりませんから」

「するとおれは、お春からお染に乗り換えた不実な男ってわけだが」

「吉原ならともかく、うちみたい女郎屋では、お客を取った取られたは日常茶飯事。何ほどのこともございません。鉄さまは、女修行をなされているのでしょう。あのお染に馴染んでみるのも、一つの修行ではありませんか」

「うーむ」

お春に言質《げんち》をとられ、また苦笑が滲む。

だがお春公認でお染に馴染めるからといって、これは決して〝いい話〟ではないのである。その男は、〝幕臣の情人〟がこの山岡と分かると、命を狙ってくるに違いない。

お春は、鉄太郎が剣客と見込んで、頼ってきたのである。

「よく分かった。他ならぬお前の頼みだ、引き受けよう」

と鉄太郎は言った。

「ただ、どうも女修行より、剣術修行になりそうだから、念のため、その男の名前を教えてほしい」

「有り難うございます」

お春は安堵したように頭を下げた。

「肥前大村藩《ひぜんおおむらはん》の、たしか夏井《なつい》……新之助《しんのすけ》様と聞いております」

「大村藩の、夏井新之助……」

鉄太郎は腕を組んだまま鸚鵡《おうむ》返しに言い、沈黙した。

「……もしや、そのお侍のことをご存じなのですか」

何やら考え込む風の鉄太郎を見て、お春は尋ねた。

「いや、知らんよ」

「ならいいのですけど。今夜はつまらぬことで、大事な時間を使ってしまって、とんだご迷惑をおかけしました」

「いやいや、気にしないでいい。ただ、おれが気になるのは……」

「ただ、何でしょう？」

「お前とはどうなるのかってことだ。今宵限りなのか」

「まさかそんな。ただしばらくは……」

「ならば、今宵はゆるりと過ごしたい」

くすぐったそうに笑うお春を、かれは夜具に運んだ。

だが夏井新之助の顔は、はっきりと脳裏に浮かんでいた。


あれは三年ほど前になるだろうか。

千葉周作道場だけでは物足りず、江戸市中の有名な剣道場を手当たり次第に訪ね、他流試合に打ち込んでいた頃のことだ。

盛夏の一日、かれは江戸三大道場の一つ、九段坂下の『練兵館《れんぺいかん》』に足を運び、稽古を願い出た。

神道無念流《しんとうむねんりゅう》の斎藤弥九郎《さいとうやくろう》のこの道場には、有力な各藩から江戸遊学中の俊英が通っており、長州の桂小五郎《かつらこごろう》や高杉晋作《たかすぎしんさく》、伊藤俊輔《いとうしゅんすけ》などもここで修行していた。

そんな評判を知る鉄太郎は、多少の緊張を覚えて門を潜った。

応対に出て来た若い門下生は、快くかれを請じ入れてくれた。そして道場内で、師範代らしい男と何やら相談していたが、やがて鉄太郎の前に戻り、ニコッと笑って言った。

「不肖ながら、この私がお相手申しあげます」

鉄太郎は、カッと頭に血が上るのを辛《かろ》うじて堪えた。

この若者は二十歳ぐらいで、背丈はそれなりにあるが、ひょろりとして頼りなく、顔は色白で女のような美形だった。

〝千葉道場の鬼鉄〟と少しは知られた自分の相手を、こんな女みたいな若造に任せるとは……。ならば手加減せずに叩きのめしてやろう、と心に決めた。

だが手早く防具を付け、竹刀を構えて若者と向き合った瞬間、舐《な》めてかかった自分の誤りを悟った。いきなり速攻で一撃を、と勇んでまえに出ようとしたが、相手の構えには一部の隙もない。

戸惑った瞬間の隙を狙って、若者の竹刀が凄まじい速さで突き出され、鉄太郎の小手を打った。

思わぬ不覚をとって、かれの内部の獣性が目覚めた。

喉の奥から大音声を発して床を蹴り、悪鬼のごとくに竹刀を振り下ろした。若者も負けてはいない。次から次から振り下ろされる竹刀を、臆すること無く受け止める。軽やかな足さばきで身をかわしながら、隙を狙って反撃してくる。

久方ぶりに骨のある相手に巡り合った喜びに、血が沸き立った。

小半刻（三十分）ほど打ち合って、師範代から声がかかった。

稽古を終えると、かれは汗を拭きながら相手に丁重に礼を言い、その名を尋ねた。

若者は眩しそうに長身の鉄太郎を見上げて、名乗ったのである。

「肥前大村から遊学に参っている、夏井新之助と申します」

〝肥前大村〟とちょっと誇らしげに言った若者の声音《こわね》は、今も初々しさを帯びたまま鉄太郎の耳に残っている。

敵娼を、お春からお染に乗り換えても、大黒屋の扱いは別段、変わることもなかった。

こんなことは珍しくないのだろう。

お染は今年十九。厄年《やくどし》であるのを気にしているらしい。

だが明るくおきゃんで、その丸顔には愛嬌が滲んでいた。

鉄太郎との初会の夜は、事情が事情だけに恐縮していたが、親しんで来ると、開けっ広げな性格を露《あら》わにした。

そんな無邪気さに、あの若者は癒《いや》しを覚えたのだろうか。

かれの話になると、お染は打って変わって、暗い表情になった。

「あたし、あの方がほんとうに怖くて……。愛し方も、憎み方も、人様とは度外れているんですもの。このままでは殺されるかもしれません」

　と身を震わせる。

「今は、逆恨みが心配でなりません。鉄さまのことを夏井が探り出し、付け狙うんじゃないかと」

「ああ、おれのことは心配するな。むしろ逆恨みして、おれを狙ってくれるよう、仕向けてもらいたい」

「まあ、何てことを……あの方、もの凄く腕が立つんですよ。何とかという有名な道場で、長州の猛者を向こうに回し、負けたことがないんですって」

「ほう」

　練兵館でたった一度手合わせした若者と、こんな形で再び巡り会うとは夢にも思わなかった。だがあの蝶のごとく美しい剣客が、いま攘夷派の脱藩浪人となり、どんな変貌を遂げたのか、この目で確かめないことには収まりそうにない。

五

　益満休之助に書状を書こう、と鉄太郎は思った。

江戸で、外国人襲撃などを策動する攘夷派の動きについては、あの薩摩の密偵と目《もく》されるる男が、何か情報を持ってはいないか。

そう考えたのである。

だが目前の雑用に紛れ、つい書状を出しそびれているうちに、その益満がひょっこり浅利道場に姿を現した。

暑い日だった。

こんな昼下がりの時間に、この上野の道場まで、薩人が現れるなどまずはありえないことである。

鉄太郎は驚き、しきりに汗を拭きながら、ちょうど居合わせた道場主の浅利又七郎に益満を紹介した。

それから道場裏の、風通しのいい小座敷に招じ入れ向き合った。

「どうした、一体。貴公がこんな所に現れると、いよいよ戦でも始まったかと思っちまうが……」

「いや、まあ、所詮《しょせん》ろくなことではないがね。上野に、ついでもあったんで寄ったんだ。このくそ暑い時間、鉄さんはどこにおるか考えると、ここだろうと思うてな」

「その勘の良さには驚くよ」

激しい打ち合いで、顔は上気し、拭いても拭いても汗が滲み出て来る。それを手拭いでごしごしこすりながら、鉄太郎は言った。

「しかし、ちょうど良いところに来てくれた。実はおれのほうも、ちと訊きたいことがあってね」

「ふむ、何の用だ。大黒屋がらみの一件か？」

相手も汗を拭きつつ言う。

「えっ、どうして知ってる」

「早耳の休さん、とは貴公が言ったんじゃないかな。大黒屋じゃ、ご活躍らしいな。あの店の売れっ妓ふたりをなで斬りにしたとは、色道修行も進んだもんだ」

「いや、これにはちょっとわけがある」

そこへ、若い門人が冷たい麦茶を運んで来た。

「ははは、そう慌てなさんな。聞いてるよ。問題は、そのお染という女にからんでおる、厄介な攘夷浪人のことだな。実はおれが今日出向いてきたのも、それだよ」

と益満は、一口麦茶を飲んで、ずばりと核心に入った。

どうやら何もかも、承知しているらしい。江戸に入り込んでいる無数の浪人者の間にまで、いったいどういう情報網を張り巡らしているのだろうか。

麦茶を一気に飲み干し、やっと汗が引いた鉄太郎は、改めて相手を見直した。

「その男、夏井といったかな。やつはお染を奪った恋敵《こいがたき》がおぬしだと、あっさり割り出した。大黒屋内部に、ツテがあるんだろう」

「なるほど」

お染やお春が、宣伝してくれたのかもしれないと思った。

「で、山岡憎しの一念で、周囲を嗅ぎ回ってるらしいぞ。玄武館の鬼鉄の名もすでに摑んでおる」

「そうか。実はおれは、夏井と練兵館で一度打ち合ったことがある」

「ほう、そんな縁があったか。じゃあ、奴の腕は知っていような」

「うむ、なまじでないのは承知しておる」

「その腕を見込まれて、攘夷派の軍資金調達の役を回されたらしいが、こちらの方もなかなか凄腕らしいぜ」

「押借りってやつだな」

「そうそう。やつは結構稼いでくる。その腕がいいから、上の者に対しても態度がでかい。それならまだしもだ、どうやら稼ぎを着服して、惚れた女郎に血道を上げておると……」

多くの富商を説得して援助を欲しいところ、強盗まがいに刀で金を脅しとるため、攘夷派そのものが恐れられ嫌われている。

そこへ加えて、巻き上げた金の多くを、自分の懐に入れてしまうというのだ。

「仲間うちじゃ、これが最も警戒されておる。その上に、例のお染の一件だ。女郎に振られた恨みで、恋敵をつけ狙ってるは、こりゃァ、攘夷派には厄介な話だよ。ここで余計な騒ぎを起こされちゃ、足を引っ張られるだけだ」

「うーむ」

「そこでだ、最近、ちと不穏な情報が耳に入ったんだよ」

「不穏とは？」

「面倒な夏井を始末してしまえと、仲間うちで謀《はか》られてるとか」

「…………」

益満の摑んできた情報の濃さに、鉄太郎は絶句した。

「しかし、あの夏井は、そう簡単には料理されんぞ」

「まあ、そうだろう。まして仲間からも狙われてると知りゃ、凶暴にもなろう。この暑い中、ここまで来たのは、夏井には特段の用心をせよと……。それを言いたかっただけだ」

苦笑して言って、残りの麦茶を飲み干した。

鉄太郎はその翌日、〝大黒屋〟に登楼した。

金の工面で少し間があいてしまったため、お染は気を揉んでいたらしい。かれの顔を見ると、心底嬉しそうな笑顔を見せた。

「このまま、来なくなると思ったか」

とかれに揶揄《からか》われ、そばに座ってなよやかな身体を預けてくる。酒がすすむと、お染は思い詰めたように言った。

「鉄さま、朔日《ついたち》の明神様への月参り、何とか行けないでしょうか」

夏井の襲撃を懸念して、鉄太郎は、お染の外出をきつく禁じていた。お染もそれは忠実に守っていたようだが、品川大明神へのお参りだけは、欠かしたくないらしい。

お染に限らず、遊女たちは驚くほど、神仏への信心が篤かった。ましてお染は十九の厄年で、格別に神仏への想いが強いのだ。

しかし朔日といえば三日後である。

夏井は、この月参りを利用して駆け落ちしようと持ちかけたほどだから、おそらく虎視眈々とこの日を狙っていよう。

かれはしばし考えてから、言った。

「うん、いいぞ」

「ええっ、本当？」

お染は、飛び上がって喜んだ。簡単にお許しが出ると思っていなかったのだ。

「ただし、条件がある。当然ながら、その日はおれが一緒について行く。店の者にもそう言っておくように」

六

新たな月の朔日は、朝からうす曇りだった。

約束の刻限に鉄太郎が大黒屋の玄関前に着くと、待ち構えていたらしいお染が、弾んだように飛び出して来た。

髪も化粧も地味に整え、着物の柄も着付けも至って品が良く、可愛らしい武家ふうである。

月に一度の外出を、お染はいつもこんな普通の女になりすますのを楽しみにしているのか、今回だけ特に目立たぬための工夫なのか、かれにはよく分からない。ただ、いじらしく、また連れ立って歩くのが少々こそばゆかった。

品川大明神までは、女の足だと小半刻くらいの距離である。

街道には、西の国元へ帰る大名の郎党や、江戸に入る商人などが行き交い、大変な賑わいだった。街道筋の茶店にも人が溢れている。

そんな中で鉄太郎は周囲に絶え間なく目を配り、五感を全開にして、歩を進めた。その緊張が伝わってか、お染も黙りこくっている。

ようやく大明神の石造りの鳥居が見えて来ると、足も速くなる。

左の柱に昇り龍、右の柱に下り龍が彫り込まれた鳥居を過ぎると、長い石段があり、それを登りきると、本殿である。

境内にはいつもより参拝客が多いらしく、

「朔日は、やっぱりお参りの人が多いんですよ」

と言いつつお染は長い列の最後尾に並んで、順番を待った。

鉄太郎は本殿前に仁王のように突っ立って、周囲の視線や、怪しい動きに目を配り続けた。参拝を済ませ、社務所でご朱印を貰うと、ようやく緊張がゆるんだらしく、お染は鉄太郎に深々と頭を下げて丁重に御礼を言った。

しかし大黒屋への帰路、かれは後ろからついて来る足音をついに捉えた。

それがただの通行人なのか、こちらを狙う敵なのかは、すぐには分からない。振り返るわけにもいかない。

幸いお染の無邪気な関心に従って、さりげなく露店の前に立ち止まったり、土産屋の店内を覗いたりしつつ、足音がある距離を保ちながら執拗についで来るのを確かめた。

ついてくる男が、深編笠の浪人ふうの長身であることも分かった。

どうやらあの男らしいが、確信はない。

鉄太郎は、お染を大黒屋まで送り届けると、今夜は泊まらぬと告げた。何か察したのか、憂いに満ちた目で見送るお染と別れ、品川宿の入り口の方へ向かって歩きだした。

夕暮れまでは、まだ少し間がある。

食べ物の匂いの漂う徒歩新宿をぶらぶら進み、外れにある居酒屋の前で足を止め、中を覗いて客がまばらなのを見て、暖簾をくぐった。

空いている小上がりに腰を据え、燗酒と、焼き物など二、三品をたのんだ。

ややあって暖簾が揺れ、深編笠の先が覗いたのを、目の端に捉えた。

男はそのまま店内をひとわたり見回し、小上がりに鉄太郎の姿を確認するとスッと消えた。ほんの一瞬のことで、注意していなければ、見逃したかもしれない。

間違いないと、鉄太郎は確信した。あれは夏井だった。

かれは燗酒には手をつけず、ゆっくり腹ごしらえして店を出る。

すでに日は暮れて、妓楼へ繰り出す客で、通りは賑わい始めていた。どこぞの二階からお囃子の音がこぼれ、打ち水した庭内に、駕籠が繰り込んで行く。

だがそんな賑わいに背を向けて、かれは南の方角に足を向けた。

時折、酔ったふりの千鳥足を織り混ぜながら、品川宿を南と北に分断する川を目ざして行く。通りに並ぶ商家も、まばらになってきた。

そのうちかれは、先ほどからひたひたついて来る足音とは別に、複数の足音が、後方から入り交じっているのを聞き取った。

初めは夏井が、仲間を呼び寄せたのかと思った。だがどうやら集団の足音は、夏井とは距離をおいているようだった。

益満からの情報では、最近の夏井の挙動は、攘夷派からも強い不審の目を向けられているという。何をしでかすか分からぬ夏井は、仲間の監視の下にあるのか……とも推測される。

川に架かる橋が見えてくる。その橋は渡らず、かれはその袂で、暗い脇道にそれていく。いつだったか、品川で遊んでの朝帰り、なぜか方向を間違えてこの辺りに迷い込んだことがあった。

その時、無住の廃寺を見つけて、二日酔いを醒ましたのを覚えている。

その寺は今もあった。元は寺格がそれなりに高かったのだろう。本堂は朽ち果て境内も荒れているが、近隣の篤志家の心尽くしか、地蔵堂の常夜燈に蠟燭《ろうそく》が立てられ、微かな灯りが境内に届いている。

その灯りを頼りに、鉄太郎が境内を本堂に向かって進んでいると、背後から聞き覚えのある声がかかった。

「山岡殿、もうこの辺でよかろう」

振り向くと、背後にあの男が立っていた。男はどうやら、鉄太郎に導かれていると知りつつ、ついて来たらしい。

「……夏井新之助殿か」

と鉄太郎は野太い声で誰何した。

「いかにも」

と相手は深編笠を取った。

仄かな灯りに浮かび上がった顔は、記憶に残るあの美しい若武者とは別人だった。過酷な歳月が、その顔から甘さを奪ったのだろう。そこにいるのは、削げた頬に闇を溜め、目を異様に光らせた、陰惨な男だった。

「山岡殿、こんな形でまみえることになろうとは、奇遇だな」

その声だけは、昔と同様の涼しい響きを保っているのが、かえって不気味に聞こえる。

「行きがかり上おぬしとは、こうなる運命なのだ。剣を抜け」

「僭越《せんえつ》ながらこの山岡、その運命とやらが、さっぱり分からん。ムキになって立ち合う理由は何なのか」

「惚れた女を横取りされ、放っておいてはおれの男がすたる」

「いいか、夏井、おぬしは女に振られただけなんだ。色恋沙汰の恨みを、他人《ひと》に向けるとは女々《めめ》しいぞ。まして色里の話、もうちっと粋なやりようもあろうじゃねえか」

「黙れ黙れ、おぬしに、おれの何が分かる！　惚れた女のために、全てを捨てた男の気持ちが、分かるか！　家も藩も捨てた以上、もう命を捨てても惜しくねえ。おれも武士だ、おぬしと女を殺して最後の意地を貫く」

「たわけ者！」

大音声が夜の境内に響きわたった。

「目を覚ませ、夏井！　色恋の意趣返しに、武士の意地なんぞ引っぱり出すな、見苦しいぞ！　貴公の不運の原因は女じゃない、その女々しさだ、それがまだ分からんか」

「うるせえ。聞いたような口をきくな、抜け！　おれの剣を受けてみよ」

言いざま腰の剣を抜き放った。

「ならばお相手いたすが、おれは物騒なものは持ち歩かねえんでな。これで失礼つかまつる」

と鉄太郎は木刀を構えた。

七

構えた瞬間、鉄太郎の脳裏に、あの練兵館で相対した夏井の颯爽たる姿が、まざまざと甦った。

剣の構えはあのときと全く変わらず、一分の隙もない。

どんな荒れた生活をしていても、剣の修行だけは怠らなかったのだろう。夏井の腕は鈍っていない。

　さすがに相手も、なかなか打ち込んでこない。

　闇の中での睨み合いが、しばらく続いた。

　先に打ち込もうとしたのは、夏井である。

　酒を呑んでいた姿を見て、鉄太郎にはすでに酒が入っているという思い込みがあった。その侮りが、夏井の鉄壁の防御に、ほんの僅かな甘さを生じさせたかもしれない。

　夏井は速攻で打ち取ろうと、太刀先を微かに動かした。

　その瞬間、鉄太郎が飛んだ。

「とうッ……」

　木刀が凄まじい速さで振り下ろされ、剣を握る夏井の右手首をしたたかに痛打した。刀は弾き飛ばされ、宙を舞った。

　激痛に身をよじった夏井の前に鉄太郎はすかさず踏み出し、木刀を振り上げて右から袈裟懸けに、その肩を打った。

　渾身の一撃を受け、夏井はどっと前に崩れ落ちた。

　鉄太郎は木刀を腰に納め、倒れ込んで唸っている夏井を一瞥《いちべつ》して、歩きだす。

　境内の闇に、微かな人の気配が動くのは気づいていた。

先ほどから夏井をつけていた、攘夷派の見張りだろう。

仲間が倒されたことで、自分に向かってくるかもしれぬと、油断なく身構えながら進んだ。

だが追いすがる気配がないまま、かれは廃寺の境内を無事に出た。それからは振り向きもせず、徒歩新宿の不夜城の明かりを目ざして、一目散に歩いたのである。


その一か月後——。

また新たな月の朔日を迎える前日、鉄太郎は〝あじさい亭〟で、益満と顔を突き合わせて、呑んでいた。

短時間で、お菜が呆れるくらい徳利を呑み干している。

益満が調べたところによると、夏井は命に別状はなかったが、痛打された手首は重傷で、再び剣をとれるかどうか危ぶまれているという。

もう攘夷派の〝押借り〟要員はつとまらないため、仲間のツテを辿って、水戸だか上総《かずさ》だかに送られたらしい。

「それはともかく、鉄さんよ、品川の姫君たちはどうなっておる」

と益満は矛先を変えてきた。

「おや、まだ聞いておらんのか」

鉄太郎はにわかに苦い顔になり、盃をあおって言った。

「早耳の休さんが抜かったな……」

夏井と決着をつけた後、かれは何はともあれ大黒屋に登楼した。

ことの次第を報告すると、お春とお染は大いに喜び、共同で最大な宴を開いてくれたのである。

今夜は揚代はこちら持ちで、自分の部屋に泊まってほしい、とお春に懇願され、鉄太郎は大いに面目をほどこした。

これで、晴れて恋しい女の元に戻れるのである。

お春の部屋で二人だけになり、いい気分で酒を楽しんでいるうち、お春が突然改まって言ったのだ。

「実はちょっとお話があるのです」

と切り出され、何ごとかと身構えていると、

「急な話ですけれど、あたし、身請けが決まりました」

「えっ」

身請け？　何だそれは……。

「相手は甲州のお方で、前から話はあったんですが、妾暮らしには何となく気が乗らず……でも旅館の女将《おかみ》になれと言われ……とんとん拍子に話が進み……」

お話は耳を空しく通り過ぎ、酔いが急速に冷めていく。

「お名残惜しいけれど、今夜が最後で……」

「そうかい、それはめでたい」

相手の声が途切れると、上《うわ》の空で言ってお春を祝福した。

だがその一瞬、あの夏井新之助のどす黒い心情に、触れたような気がした。この女と甲州の大旦那を束ねて処分したら、どんなに溜飲《りゅういん》が下がるかと……。

「ははは、してみると貴公は、お春に袖にされたというわけか」

益満の言葉はまるで容赦ない。

「まあ、そういうことになるか。……女というものは分からんなあ」

「しかし、いいではないか、まだお染がおるさ」

「ああ……」

生返事をしながら、盃を呷る。

もう二度と触れることの出来なくなった〝幻の花〟の芳香が、ふっと鼻先を通り過ぎ、永遠の彼方に消えていった。

第五話　鬼の西郷《さいごう》に物申す

一

慶応《けいおう》四年（一八六八）の三月一日。

鳥羽伏見《とばふしみ》で始まった戦が、じりじりと東へ拡がりつつあった。

江戸の町は騒然としていたが、三月が近くなるとどの家も雛《ひな》を飾り、草餅を食べて、桃の節句を祝った。

お菜もまた古びた女雛を箱から取り出し、茶簞笥《ちゃだんす》の上に飾った。今年の節句も、片割れだけである。男雛はお菜が幼い頃に、火事のどさくさで紛失したという。

「早く揃えてやらにゃァのう」

と雛祭りのたびに言っていた徳蔵は、今は病床の身である。

お菜も、縁談があってもいっこうにのらないまま、もうすぐ二十歳である。最近は、すっかり覚えた文字で、暇をみてはよしなし事を書き綴っている。

この雛は、そんな父娘の歳月をとっくりと見て来たのである。

桃の花を飾った時、奥の六畳間から徳蔵の声がした。

「お菜、お客さんのようだ」

「はーい、ただ今。もうすぐ店仕舞いだから、お父っつあんはここで寝《やす》んでおいでな」

と言い置き、島田髷のほつれを直し、藍染めの着物に掛けた襷を締め直しながら、お菜は急いで店に戻った。

店に入ったとたん、

「あれっ」

と弾《はず》んだ声をあげた。

酒樽にどっかりと腰を下ろし、大きな目でこちらを見ているのは、鉄太郎である。

日焼けして真っ黒な顔は、てかてか光っていた。

「お久しぶりです、鉄舟《てっしゅう》様」

かれは今年三十三だが、三十一の頃から〝鉄舟〟の号を使い始めた。お菜もその頃から〝鉄おじさん〟を止《や》め、そう呼んでいる。

「お忙しい方が、こんな所で呑んでいらしていいのかしら？」

とお菜は憎まれ口を叩きつつ、いそいそと酒の支度を始める。

「いや、たまに菜坊の顔も見たくてね」

とかれもぬけぬけと言う。

閉門蟄居を解かれてから五年。貧乏御家人を続けてきたかれは、今年から〝精鋭《せいえい》隊《たい》〟を率い、将軍護衛の任にあたっている。

そもそも〝精鋭隊〟を組織したのは、軍事総裁勝海舟《かつかいしゅう》だった。

この正月、大坂城で〝鳥羽伏見の戦〟の大敗を目《ま》の当たりにした慶喜《よしのぶ》公は、江戸に逃げ帰って恭順を表明し、上野寛永寺に入って謹慎してしまった。

以来、幕臣たちは恭順派と徹底抗戦派に分かれて、激論を戦わせている。慶喜公の身辺も穏やかではなくなり、勝海舟は、腕っぷしの強い剣客七十名を選りすぐり、身辺護衛に当たらせた。

この精鋭隊と遊撃隊を統率するのが義兄の高橋謙三郎で、その推挙によって、暴れ者〝鬼鉄〟の勇名が轟く鉄太郎が、やっと精鋭隊頭に任じられ職を得たのである。

今や〝あじさい亭〟にもろくに寄れないほどの、忙しさだった。

「それはともかく菜坊、親爺っつあんは変わりはねえかい？」

徳蔵は去年の暮から倒れて、寝たり起きたりだ。今まで通り総菜は作るし、店にも立つが、午後になるといつもしばらく横になる。鉄太郎はその身を案じて、忙しい中を立ち寄ったのだ。

「有り難うございます、でも大丈夫……」

と言いかけた時、そばで徳蔵の声がした。

「この通り、わしはまだくたばらねえよ」

鉄太郎の声を聞きつけて、床《とこ》を抜け出て来たのだ。徳蔵は手に何かの包みを抱えて、切り台（まな板）の前に立った。

「あれ、お父っつあん、寝てなくちゃ」

「わしゃ、どこも悪くねえよ。手塚先生が悪いと言うだけだ」

「はっはっは、その心意気だ」

鉄太郎は、大きく笑う。

「いや、鉄の旦那に食べてもらいてえものがあってね。初物を食うと七十五日寿命が延びると……」

切り板の上に置いたのは、初物のタケノコである。

「ほう、そりゃ結構だが、まず食べるべきは親爺っつあんだろう」

「ははっ、ご心配いりませんや。今朝、大久保戸山《おおくぼとやま》辺りで採った、掘りたての孟宗竹《もうそうちく》でね。わしはそいつを、皮のまま竈《かまど》で蒸し焼きにしたんでさ。ほれ、いい具合に仕上がった……」

焦げた皮を剝くと、香ばしい香りを放ち、輝くような肌色を見せる。これを薄切りにし、わさび醬油などで食べるのである。

「おう、こいつは豪勢だ」

鉄太郎の喜ぶ顔を見て、お菜は笑っていた。

「徳さん、わしもぜひ御馳走に与《あずか》らせてもらおう」

と、いつの間にか一州斎がやって来て、加わった。

「うーむ、こりゃ、旨えや。たしかに寿命が延びそうだ」

と舌鼓みをうつうち、一州斎は真顔になって言った。

「ところで旦那、いつ戦が始まるんですかね。あのピーヒャラドンドンは、もう近くまで来てるって噂でさァ」

〝宮さん宮さん、お馬の前にチラチラするのは何じゃいな……〟

と歌うこの軍歌は、商人や旅人によって一足先に江戸に持ち込まれていた。物好きな江戸っ子は、江戸征伐を〝とことんやれ〟と歌われるのを、面白がっているのだ。

慶喜公が寛永寺大慈院に籠って、半月たつ。

だが有栖川宮大総督《ありすがわのみやだいそうとく》の率いる東征軍は、すでに錦《にしき》の御旗を掲げ、〝トンヤレ節〟を歌いながら東海道を東上中だった。軍の先鋒は箱根《はこね》を越え、総督府本営は間もなく駿府《すんぷ》に着くという。

そんな噂が駆け巡り、今や江戸は騒然としていた。市中では寄ると触ると、その話ばかりだった。

「戦になっちゃ、わしも、おちおち寝ちゃいられねえ。新しく出来た彰義隊《しょうぎたい》ってえのはどうなんです？　幕軍より強えんですかね？」

と徳蔵が乗りだした。

「そんなこたあねえさ」

と鉄太郎が曖昧に言うと、一州斎が引き取った。

「上様は何を考えていなさるかね。今こそ徳川武士の意地をみせてもらいてェのに、謹慎はねえや。旦那、この先、どうなるんです」

「あんたは易者だろう。こっちが訊きてえよ」

「いや、この時節、町で易者やってると、とんでもねえ鑑定依頼が持ち込まれますよ。

戦はいつ始まるか、どの方角へ逃げりゃいいか。将軍の御命を奪い奉るにはいつが吉日か……」

　と一州斎は笑った。

「おい、易者さんよ、安心しろ。おれみてえな乱暴者が七十人も集められ、昼夜、上様を護り奉ってるんだ。あの新選組《しんせんぐみ》まで出張《でば》ってる。少なくともおれと近藤勇《こんどういさみ》の死体を乗り越えねえ限り、上様には蟻一匹近寄れねえよ」

「ははは、そりゃ心強いや。鉄の旦那を見てると、あの力持ち……何てったけな、タ、タ……」

「もしかしてタジカラオノミコト、か」

「それそれ……」

　どっと笑い声が起こった。

　その時、暖簾の向こうから声がした。

「ごめん……」

　ハッとお菜が振り向くと、暖簾を分けて男が顔を覗かせている。

「ここに、精鋭隊の山岡殿はおられるか？」

「ん……」

と鉄太郎がまだ笑いの残った顔で、振り返った。

「山岡殿ですか。伊勢守様からの申し伝えでござる。将軍の命《めい》により、すみやかに寛永寺の御在所まで、出頭あるべしと……」

「よし」

その強い一言で、店内の空気はビシビシと音をたてるほどに緊張した。どこかで戦闘が始まったのか、上様は大丈夫かと。

「では……」

男は一礼し、立ち去った。

伊勢守とは、高橋謙三郎のことだ。急使はおそらくあじさい亭に直接に来たのではなく、最初は山岡家に行き、こちらを教えられたのだろう。

鉄太郎はすでに、そばに置いていた木刀を腰にさし、固い表情で立っている。

「亭主、今日は馳走になった。養生しろよ」

そして巨《おお》きな目をお菜に向け、軽く頷いた。

心配するな、と言ったようにお菜は思った。かれはそのまま暖簾を割って、どこかで桜がほころびかけている柔らかい夕闇の中に、大股で歩み去ったのである。

それきりかれは、当分の間、姿を見せなかった。

二

「お菜ちゃん……？」

それから何日かたった午後、珍しい人が暖簾から顔を出し、遠慮がちに入ってきた。

鉄太郎の妻のお英である。

「あら、お英様、どうしなさったんです？」

とお菜はそばに駆け寄った。

お英が店にやって来ることは滅多にない。

総菜の注文はほとんど、出入りのご用聞きに頼む。自ら足を運んでも、出窓で近所のおかみさんらの後に並んで、買って帰る。

「うちの殿様がお見えじゃないかと……。いえ、何日帰らなくたって、別に驚きゃしませんが、ちょっと気になることがあってね」

とわざと冗談めかして言うが、その面長な色白な顔には、不安の色が漂っていた。

「ああ、お英様、うちにも最近お見えになりません。あのお雛さまの日に寄られたけど、お城からのお使いに呼ばれて……それで、すぐ上野に向かわれて、それっきりです」

「ああ、そう、やっぱりねえ」

とお英は大きく頷いた。

「実はあの日は、お使いが先にうちに見えてね。あじさい亭にいるかもしれないと、お教えしたんですよ」

あれから鉄太郎はずっと帰らなかったが、五日の夕方になっていきなり帰ってきたという。家には顔見知りの客が来ていて、かれの帰りを待っていた。中肉中背で、目立たないが存在感のある人物だった。

何度か家に来たことのある清河塾の同志で、益満……という名だったとお英は記憶している。

「おい、飯だ」

と鉄太郎は言った。

お英が冷や飯と、大根葉の漬け物と、タクアンと湯を出すと、二人は黙って湯漬けにしてサラサラかき込み、お櫃《ひつ》を空《から》にした。

そのあとで二人は、しばらく密談してから仮眠をとり、六日未明に起き出した。鉄太郎は旅姿になり、草鞋《わらじ》の替えも用意した。

何か説明があるかと思ううち、

「ちょっと出て来る」

と言ったきり、飛び出して行ったのである。

いつもお英は行き先を訊いたことはないが、この時は二人の空気が殺気立っていたので、特に訊きにくかったという。

「いえ、たいして心配しちゃいないんだけど」

とお英は苦笑して首を傾げる。

「ただ、あのお連れの方が気になって……。清河様のお弟子さんで、薩摩藩士でね。穏やかに見える方ですが、たまに尊王攘夷を口にして、どこか一癖ありげなの。今時、あの人とつるむなんて、変だと思わない？」

「そうですねえ」

「また何か不始末があったんじゃないのかねえ」

奥方はやはり心配するものなんだ、とお菜は感心した。

「でも、もう、以前のようなことはないと思いますけど」

「でも、倒幕を企ててあいうことになった清河様を、今も尊敬しているお人だからねえ」

「お隣の高橋様から、何か訊けませんか？」

「それがね、兄上は兄上でこのところ大変なんですって。家には着替えに帰るだけで、すぐに馬で飛び出して行くそうなの」

謙三郎は慶喜公の信任篤く、今や大目付である。精鋭隊と遊撃隊の両方を指揮し、将軍の警固で寛永寺に連日泊まり込みという。

「義姉《あね》の話では、なにか山岡に重大なことが起こったらしいんだけど……」

「でも、高橋様がついておられるんだもの。そう心配することじゃないと思いますけど……」

お菜はそんな慰めの言葉を口にした。

「そうならいいんだけど……。まあ、そのうちまた兄が着替えに戻るでしょうから、義姉に訊いてもらいましょ」

と言い残して、お英は帰って行った。

話は三月一日の夜に戻る――。

寛永寺大慈院に駆けつけた鉄太郎を待っていたのは、義兄の謙三郎だった。

伊勢守という名にふさわしい、面長で端正な品のいい顔は、最近の激務と緊張で細くなり、眼光が鋭くなっている。

「兄上、何かあったのですか？」

その顔を見るや、鉄太郎は思わず言った。

小石川から上野までやって来る道中、自分が呼び出される理由について、あれこれの事情を重ねて考えていたのである。

「あ、いや、そうではない。まあ座れ。せっかく呑んでるところを呼び出して、すまなかったな」

武具や茶道具が雑然と置かれた、殺風景な宿直《とのい》の間に通された。燭台を灯して向かい合うや、義兄は言った。

「まず結論から申そう。上様がお前に会いたいと申されておる」

「ええっ、上様が？」

「そうだ直々《じきじき》に会って、頼みたいことがあると……」

「さっぱり分かりません、兄上」

目を大きく見開いて、ヒタと兄を見て言う。かれのような御家人は、お目見《めみえ》以下と言って、将軍に直接面会できぬ立場である。

「おれのようなお目見以下に、なぜ上様が……。城には、幾らでも方々がおられように」

「さ、問題はそこだよ、鉄……。それを今から話すが、その前に、念のため確かめておきたい。慶喜公への忠心は、何があっても変わるまいな？」

「急にまた何ですか。これでも、おれは幕臣の端くれですよ。上様に代わって腹を切れと申されたら、逃げも隠れもしませんよ」

　かれには〝倒幕派の清河に関与した〟という、負の実績がある。もしこの徳川の危機に際して、そんな自分が御前に召し出されるとしたら、とんでもない役目しかなかろうと思う。

　例えば〝将軍の替え玉として腹を切る〟……というような。

　そういえば慶喜公も、六尺豊かな立派な体軀である。顔は似ていないが、死体の替え玉くらいはつとまるだろうと思う。

「ふむ、それで安心した」

　義兄はやっと強《こわ》ばっていた表情を柔げ、いつもの懐かしい笑みを浮かべた。

「ならば、よく聞け」

　と膝を乗り出した。

実はこの日の午後、鉄太郎が退出してからすぐ、慶喜公に呼ばれて御前に上がったのである。

公は憔悴《しょうすい》した顔をしていた。もはや恥も外聞もない顔を晒す、とでも言いたげな涙顔で話しかけてきた。

「なあ、伊勢よ。いよいよ来るべき時が来たな。予は万策尽きた」

「は……」

「そちに何か策があるか」

「…………」

高橋伊勢守はグッと詰まり、さすがに頰が引きつった。

今は、側近中の側近にまでなっている。その自分が無策であれば、来たるべき戦を未然に防げず、江戸市中を戦禍にさらすことに直結するのである。

だがこれ以上、どんな策が考えられる？

つい最近まで将軍として国を支配した者が、この寺の一塔頭に謹慎蟄居して、半月以上になる。だがその甲斐もなく、追討軍は江戸に進撃しているのだった。

公とてもこの間、ただ安閑《あんかん》と謹慎していたのではない。

あの手この手で、官軍の総大将有栖川宮に、接触を計っていた。訴えるのは、目前に迫った江戸攻撃の中止と、将軍の御赦免、徳川家の存続である。

そんな依頼を受けて、真っ先に京まで使者を差し向けたのが、静寛院宮和子《せいかんいんのみやかずこ》（和宮《かずのみや》）だった。

使者に立った女官は、何とか有栖川宮に接触し、〝寛大な措置〟を願い出たが、〝将軍の出方次第で考えてみよう〟という毒にも薬にもならぬ返答を得て帰府した。

次に大事を託されたのは、寛永寺住持《じゅうじ》の若い輪王寺宮《りんのうじのみや》である。宮は、宮廷人らしく大仰《おおぎょう》な行列を組んで東海道を駿府に向かった。

足止めを食いつつも有栖川宮に拝謁し、慶喜公の嘆願書を渡すことは出来た。が嘆願をやんわり拒まれて、不発に終わった。

薩摩から将軍家定に嫁いだ天璋院篤姫《てんしょういんあつひめ》もまた、参謀西郷隆盛《さいごうたかもり》に、寛大な処置を願う悲痛な書状を送っている。

静寛院宮はさらに引き続き、嘆願活動を続けていたが、何も聞き入れられてはいない。

考えあぐんだ慶喜は、西郷と面識のある勝海舟にも話を持ちかけたが、断られている。

今年二月には、老中を辞して国元に向かう稲葉正邦《いなばまさくに》に嘆願書を託したが、これも途中で官軍の検閲に遭い、召し上げられた。

三月四日には、一橋家《ひとつばしけ》当主の一橋大納言茂栄《だいなごんしげはる》が、徳川家総代として交渉にあたるべく、江戸を発つ予定である。

だが、それはほとんど絶望的だろう。

実際、この一橋大納言は、江戸を出たとたん川崎《かわさき》辺りで行く手を阻まれ、池上本門寺《いけがみほんもんじ》に三月末まで留め置かれることになる。

総督府は、断固たる姿勢を打ち出していた。

どんな嘆願があろうとも退けると。

江戸と江戸城をわが東征軍が征服し、前将軍の御首級《みしるし》を挙げて、初めて御一新《ごいっしん》が成るのだと――。

どの筋から試みても、慶喜公の真情は大総督には届かない。

誰が、どう嘆願しようとも、もはやどうにもならないのだ。

「もう、誰も使者に立つ者はおらぬ。東征軍と予を隔てる川を、渡る者はおらぬのだ。このままでは、間違いなく江戸は壊滅する。間もなく市中に、あの〝不快〟な軍歌が響き渡ることになろう」

慶喜公は、力の抜けた声で言った。

「神君が築き、二百五十年も営々と育《はぐく》まれてきた八百八町が、灰燼《かいじん》に帰《き》す。予は朝敵となり、首を取られよう。それを考えるとご先祖に面目が立たず、夜も眠れぬ。食べ物も喉を通らぬのだ」

「…………」

「眠れぬまま、つくづくと考えた。敵は、江戸城に土足でなだれ込む。そうなる前に、予は切腹するしかない。そうなる運命であれば、早い方がいい。予の切腹と引き換えに、江戸総攻撃を止めさせ、城を平和裡に引き渡す……。これはいかがだろうな」

「上様、それはなりません！」

思わず伊勢守は声を荒げた。

「恐れながらそのお言葉には、重大な矛盾《むじゅん》がございます。上様が御腹を召されたら、世は治まるどころか、火に油を注ぐようなもの。主戦派ばかりか、恭順派までも刀を抜きましょう」

「ならばどうする」

公は、その反対を予想していたらしくおうむ返しに言い、充血した目で伊勢守を見た。

「予はもう一案、考えた」

「…………」

「これまでいろいろ試みたが、縁故にすがり、高貴な方々の温情に頼るばかりだった。真に実のある使者が、駿府に参ったろうか。最後にもう一度、一か八《ばち》かで、使者を立ててみてはどうだろう」

　謙三郎は、アッと思った。

　それはまさに、一連の嘆願の弱点を衝《つ》いていた。今までは嘆願書を渡すのに精一杯で、腹を割った訴えには及んでいなかったのだ。

　さすがにこの公は策士であらせられる、と思った。

「それは価値ある試みかと存じます」

　とすぐに言ったが、こう付け加えた。

「しかし、実現は難しかろうと……」

「そうだ、それは難攻不落の城を落とすより難かしい」

　勇みたつ軍馬嘶《いなな》く敵陣営を突破し、駿府まで辿りつかねばならない。その先には参謀の西郷が閻魔《えんま》大王のごとく控えている。

　そのぶ厚い壁を破って、大総督の御胸に、敗軍の将の真情を届けるなどとは、奇跡に近いだろう。

「この使者は武に長《た》け、弁舌に長じ、胆《きも》の据《す》わった者でなければならぬ……。こんな者はおるかと、つらつら考えるに、伊勢がおった」

「えっ？」

「伊勢しかおらぬのだ」

「ははっ、それは思いもよらぬこと。畏れ入ってございます」

飛び上がるほど驚いて両手をつき、ひれ伏した。

「たしかにこの伊勢がおります。ただの武門の徒にて、弁舌の才にはいまひとつ欠けますが、誠心誠意をもって事にあたり、上様の御真情をお伝え申すのは、私の右に出る者はございますまい。ぜひともこの伊勢を、駿府までお遣わしくださりませ！」

「行ってくれるか」

「はっ、一命を賭して」

「よし、ただちに出立し、予の恭順の真意を有栖川宮に奏し奉れ」

言って、公は昂《たかぶ》って崩れそうな顔を隠すように、横を向く。

謙三郎は飛び立つ思いで後じさり、部屋を出ようとした。

その時、またお声がかかった。

「伊勢伊勢、しばし待て、近う寄れ」

慶喜公は、急に憔悴した表情を見せた。

「やっぱりならぬ。予の側を離れてはならん。予が今までこうして生きておれたのも、そちの働きによるものだ。伊勢がいないと知れたら、血気にはやった主戦派どもが、何を仕出かすか分かったものではない」

「勿体《もったい》のうございます。ですがお言葉ながら、わが精鋭隊は、選り抜きの剛の者ばかりで、たとえ私が四、五日おらなくても……」

「予の申すのは、四日や五日のことではないぞ。この使いは命がけだ。仮に総督府まで辿り着けたとしても、幕臣と知れれば、斬られて、血祭りに挙げられるやもしれぬ。万一、戻ってこれぬ事態になったら、何とする……」

一瞬、公は言葉を途切らせ、ややあって乾いた声で続けた。

「誰か他におらぬか。そちに代わって、この大任を果たせる者に、心当たりはないか」

「……ござります！」

謙三郎は目を真っ赤にして、得たりや応とばかり言っていた。

すでに一人の男の顔が、明けの明星のごとく脳裏に浮上し、強い光を放っているのだった。

(鉄だ、鉄しかおらん)

深く考える余裕もないが、その名前はがむしゃらな直観をもって閃《ひらめ》き、口から飛び出ていた。

「その者は山岡鉄太郎と申し、不肖わが義弟にございます。無学な軽輩にございますが、剛の者にて、精鋭隊の頭《かしら》として、上様をお護り申しております。先日も君命により、小田原《おだわら》に参って説得工作を果たしたばかりで……」

「おお、あの山岡か、名前は聞いておるぞ」

「この者であれば、まさに身命を賭し、この伊勢には到底及ばぬ機略をもって、大任を全ういたしましょう」

三

「……というわけで、ただちに山岡を呼べ、ということになった」

謙三郎は語り終えて、膝を乗り出した。

「鉄よ、上様のこの案を、お前はどう考える?」

「うむ」

と鉄太郎は丹田に力をこめた。

「九分九厘《くぶくりん》、不可能に近いと見受けますが、今は常識をもって判断するべき時ではない。座して待つより、一厘の可能性に賭けるべきでしょう」

「よく言った。お前、やれるか」

「今さら何を……」

鉄太郎もまた、その大きな目を赤くしていた。

「この話に否はねえんですよ。上様は、一か八《ばち》かの最後のご英断を示された。この期《ご》に及んで、鉄太郎ごとき軽輩が、一命を惜しんでどうなりましょう」


謙三郎に案内されたのは、曲がりくねった廊下の奥の、質素な書院の間だった。近くの上野の森で、梟《ふくろう》の鳴く声がしていた。

この廊下の外の庭で、慶喜公から拝命したことはあるが、中に入ったことも、公を間近に拝顔したこともない。

取り次ぎの小姓もおらず、謙三郎が自ら声をかけ襖を開いた。鉄太郎はその義兄のあとに続き、頭を下げて躙《にじ》り入った。

線香の匂いが微かに漂う中座敷である。その正面に、床を背にして、脇息《きょうそく》にもたれている人物が慶喜公だろう。

「……山岡か」

平伏する頭上に、低い陰鬱《いんうつ》な声が降ってきた。

「すでに事情は聞いたであろう」

「はっ」

頭を上げ上目使いに仰ぎ見て、鉄太郎は胸に強い一撃を受けた。

燭台の灯りが、貴人の顔を横から照らしている。その面貌《おもざし》には、鬼気迫るものがあった。

以前、遠くから垣間見た将軍は、堂々とした偉丈夫で、精悍で端麗な容貌だったと記憶する。だがその凜々《りり》しさはどこへやら、憔悴でげっそりと頰がこけ、見るに忍び難かった。

「そちを呼んだのは、他でもない。いま駿府に至り、西郷総督にわが真情を伝え得る者は、そちしかおらんと……伊勢が推《お》したからだ。予はそれを信じる。行ってくれるか」

「勿体のうございます」

「行って、伝えてもらいたい。予は水戸家に生まれ、水戸学で産湯《うぶゆ》を使ったような者、朝廷への叛意などあろうはずがないと……」

　と公は少し言葉を途切らせた。

「先祖が築いた町と、民と、城が、戦火に空《むな》しゅうなる前に、無傷で、帝にお返ししたいと。しかし徳川宗家の名は、何としても残して戴きたい。我が身はどうなろうと構わぬ、江戸を救い、徳川の名を残す……それが予の望みのすべてであると」

　その声は蠟燭の火のように揺らぎ、時に湿って、消え入りそうになった。そこには、幕府の瓦解《がかい》に立ち合う運命にある最後の将軍の、断腸の思いが滲み出ていた。

　しかしじっと聞いていた鉄太郎は、やおら顔を上げ、ひたと公を見つめて言った。

「畏れながら上様、御無礼を省りみず、一つお聞き申しても構いませぬか」

「うむ、何だ」

「山岡鉄太郎、この君命に我が命を賭けまするゆえ、上様の御誠意のほど、御覚悟のほどを伺いたいのでございます」

「何だ、申せ」

「この緊迫の折に至って、恭順謹慎の道を取られたのは、どのようなお考えからでございますか。万策尽き給いて、やむを得ぬ救護策であられるのか。それともご衷心《ちゅうしん》から帝に謝罪奉り、御志を託してのことであらせられるか」

「…………」

公はぐっと詰まり、急に弱々しく言った。

「むろん、朝廷に対し、公正無私の赤心《せきしん》を以てのことである。しかしどう謹慎しようとも、朝敵とされれば、とても予の命は全うできまい。こうまで皆に憎まれていることが、返す返すも嘆かわしい」

と、はらはらと落涙したのである。

「上様、事ここに及び、何を申されます。御心を、もっと強く持たれませ！」

と鉄太郎は、にわかに声を強めた。

かれがこのように単刀直入に迫った裏には、この慶喜公が、気の変わりやすい御方で、良くも悪くも〝弁舌巧み〟と評判だったからである。すぐ気が変わるため、煮え湯を呑まされた臣下は少なくなかった。

近い過去では、鳥羽伏見の戦いに負けて大坂城に逃げ込んだ兵士に、明日の総攻撃を約束しながら、自らはその夜のうちに軍船に乗り込んで江戸に逃げ帰っている。

鉄太郎は今、この場限りの美辞麗句を聞きたいのではない。飾らぬ誠意の籠った言葉がほしかっただけだ。浮きやすい御心のありように、錨《いかり》を下ろしたかったのだ。

「それとも、謹慎と申されるのは偽りで、お言葉の裏に何か御企《くわだ》てでもございますのか。さすれば、今のうちに申してくだされ」

かれは、まるで叱咤するごとく、剛直で押し通した。

隣の義兄が、何か言いたげに身じろぎしたが、踏みとどまった。鉄太郎の気持ちを深く理解したからである。

「何を申すか！」

さすがに怒りの形相を露《あら》わにし、公は声を震わせた。

「予に二心あると申すのか！」

柔らかい夜気が、凍りついた。

「そちの申すことは、全て当たっておるわ。万策尽き、どうしようもなくなった予に、これ以上、何が言えるか」

どこか遠くで開閉する襖の音がし、犬が吠えていた。

「国の乱れを謝罪し、謹慎している予の心を、丸ごとそなたに預けるのだ。そなたを通じて、総督閣下に届けてもらうのだ。二心など、ありようがないではないか！」

「ははっ」

鉄太郎は畳に両手をついた。

「それがし、愚鈍の性なれど、今のお言葉でしかと承りました。数々のご無礼の段、どうかお許しくだされ。御言葉、しかと胸に刻みましたぞ。上様の曇りなきご赤心を、この鉄太郎の目が黒いうちは何があろうとも、必ずや総督閣下に、朝廷に、お届け申します」

「頼むぞ……」

やっと自分を取り戻したように、柔らかい声が頭上に降った。

鉄太郎とその義兄は平伏し、公はそれを眺め、主従は無言で涙を流した。森で鳴く梟の声が、近くに聞こえた。

慶喜三十二、鉄太郎三十三、謙三郎三十四歳だった。

四

「それにしても、敵陣突破はたやすいことではない」

沈黙を破って、公が低く訊いた。

「山岡、何か策はあるか?」

「はっ……」

何もございません、これから考えます、と言うのはいかにも悔しかった。本当に何もないのか。

無言でじっと集中した時、一人の男の顔が胸中に蠢《うごめ》いた。

昨日今日ではなく、ここ二か月ほど、頭から離れたことのない男だった。じっと平伏したまま、胸に閃いた考えを俎上《そじょう》にあげ、ものになるかならぬか噛み砕いてみる。

これはいける、と直観した。

「上様、一つ、秘策がございます」

鉄太郎は頭を上げて、きっぱり言った。

「駿府までの道中、ある薩摩藩士に、同行を頼みたいのです。それがしより五つ年下ですが、気心が知れておる上、その者は西郷参謀と、気脈を通じているのです」

「西郷と……？」

公はじっと鉄太郎を見て、少し冷めた声で言った。

「なるほど、薩摩者を同行者に立てるとは名案だ。しかし参謀の手下であれば、必ずや途中で寝返るであろう」

「その恐れはない、と断言します。その者は薩人らしく義に厚く、なかなか使えるやつですが……ただこの者には一つだけ、問題がございます。名を益満休之助と申し、今は獄舎に幽閉されて、処刑を待つ重罪人であります」

「……………」

「ですがもし罪を許され、総督府への同行者として活用されれば、本人も、九死に一生を得ることになります。益満は、それを徳とせざる凡徒ではございません」

脳裏に浮かぶ益満は、どこか剽軽《ひょうきん》ながら、肚《はら》の据わった男だった。

かつては清河〝虎尾《こび》の会〟の同志であり、〝休さん〟〝鉄さん〟と呼び合って色里で遊び、夜通し呑んでも平気なポン友だった。

今は敵同士だが、益満には信じるに足るものがある、とかれは思っている。

かの益満がいま獄舎にいる理由――。

それは昨年十二月、五百名の浪人を操って、江戸の町を荒らし回り、幕府を戦に誘い込む挑発工作を行った罪である。

案の定、市中見廻りの新徴組《しんちょうぐみ》を抱える庄内藩《しょうないはん》が挑発にのり、薩摩藩邸焼き打ちに踏み切った。

それが戊辰《ぼしん》戦争の引き金となったのである。

益満ら主犯三人は捕えられ、死罪を申し渡された。

それを知って鉄太郎は心を痛め、何かと探ってみたが、益満らの収監場所さえ摑めなかった。薩摩藩による身柄の収奪を恐れて、伝馬牢《てんまろう》や諸家を点々と移されているらしい。

今、ここで益満を受け出し、活用するのは、一挙両得の妙案である。鉄太郎はそのことを、熱心に力説した。

「益満は江戸っ子以上に江戸弁が上手《うま》く、その次に薩摩弁が上手い、と言われる妙な男です。薩摩では有名な猛者《もさ》で、顔も知られているから、敵陣を抜けて行くには何としても欲しい人材……。幕府にとって許し難い重罪を犯しましたが、その罪を、駿府行きの君命をもって、購《あがな》わせることは出来ませんか。何とぞ、この者の一時釈放をお計らい頂きたく、伏してお願い申し上げます」

「その益満なら、山岡の家で、会ったことがございます」

とずっと沈黙していた謙三郎が、口を開いた。

「なかなか出来る奴、と見ました。上様、この〝益満同行策〟は、敵陣突破の切り札となりますぞ」

「…………」

話を聞きながら公は目を閉じ、沈黙していた。

そこまでの重篤な政治犯では、君命といえども、釈放は難しいと考えていたのだ。

今や公の権力はガタ落ちで、以前は鶴の一声で通ったものが、今は何ひとつ満足には通らない。

それぱかりではなかった。

実はかれは、益満休之助という独特の名を、うろ覚えながら記憶していたのである。江戸市中で強奪や放火を繰り返す賊徒が、どうやら薩摩の手の者……と分かり始めた時、城中では、憤激の声が渦巻いた。

「薩摩を討て、もはや我慢が出来ぬ」

の声が盛り上がり、やる気のない将軍にいよいよ決断を迫った。やむなく薩摩藩邸の焼き打ちを命じたのは、直接には老中稲葉正邦だったが、それを承認し戦への助走を早めたのは、公自身だった。

あの憎むべき賊徒の頭目益満を、おめおめ許すことが出来るか。そんな思いが今も心にあった。

「あの重罪人の釈放は、難しい」

と公は乾いた声で言った。

「まんまと挑発にのったわが方は、益満を許すまい。早い処刑を望む声が、老中ばかりか、庄内藩や町方からも上がっているそうだ。処刑は間近いだろう」

「…………」

それほど益満の罪状は根が深いのか、と鉄太郎は改めて衝撃を受けた。

「しかし、上様、毒をもって毒を制すと申します」

と再び伊勢守が助太刀《すけだち》した。

「これほどの悪事をやってのける不敵な者でなければ、敵陣突破の露払いなどつとまりませんぞ。それがし、少し当たってみましょう」

「うむ」

「釈放を可能にするには、どの方々の許可が必要なのですか」

「板倉《いたくら》に訊けば分かるだろうが……」

老中首座の板倉伊賀守勝静《いがのかみかつきよ》が、今の徳川政府を仕切っており、公の信頼も厚かった。

しかし高橋伊勢守は、この保守・主戦派板倉老中の煮え切れなさに何度か苦言を申し立てており、そりが合わない。それを公は知っているのだ。

「それがし、御老中に会って相談してみます」

伊勢守がきっぱりと言った。

「うむ、余の命《めい》と申せ」

と公はしばし考え、腕を組んだまま言った。

「それと山岡、駿府行きについては、大久保《おおくぼ》に相談するがいい」

大久保一翁《いちおう》は、これまで五代の将軍につとめた開明・恭順派の幕臣だった。この春から会計総裁を任じられ、少し前に若年寄に転じて残務一般の整理にあたっている。

公はつと手を伸ばし、そばの手文庫から、細長い茶色の革袋を取り出した。

「これはナポレオン三世からの献上品だ……」

と中身を抜き出し、ためつすがめつした。銃であった。

「十連発拳銃だが、予が使うことはない。持って行け、弾は入っておる」

「有り難く頂戴いたします」

鉄太郎は膝行《しっこう》して、剝き出しのまま銃を押し頂いた。

公は、ナポレオン献上の軍服を身につけるほどのフランス好きである。だがこの銃は、嗜好品以上の意味合いで、身近に置いていたのだろう。

それを思うと、そのずっしりした重さ、ひやりとした冷たさは、痛いほどに鋭く背筋を駆け抜けた。

御在所を退出した時は、すでに丑《うし》の刻（二時）を回っており、夜明けにはまだ間のある上野の山の深い闇が、ひしひしと押し寄せてくるようだった。

その夜は、精鋭隊の宿直所で仮眠を取った。

五

翌日から、駿府行きの準備にかけずり回った。

まずは登城して西の丸に行き、大久保一翁に面会を請うたのだが、多忙を理由に会ってもらえない。

さもありなんと思われた。城中は統制を失って混乱を極めていたのだ。

慶喜に退けられた主戦論者の中には、すでに城を退いた幹部もいるし、城を脱走して徒党を組む者もいた。城には、新たに任命された恭順派の見馴れぬ官僚がうろうろし、馴れぬ政務を取っている有様である。

何度めかに応接に出て来た側近に、君命を伝えると、

「おやおや、この期に及んで、何と物好きな！」

と、まるで稚戯に類することのごとくに言った。

「これからまた嘆願に赴くとは、現状を弁《わきま》えぬ書生論よ。上様はいよいよご乱心の模様だな。さりげなく聞き流しておけ」

と同情したように言う。

それでも〝君命〟を楯《たて》に、何度か足を運んで、やっと大久保一翁に会うことが出来た。

鉄太郎の話を聞くと、大久保は細い鋭い目を剝き、肩をすくめて驚いてみせた。

「空から降り立つより難しい話だの。薩長の猛者がケモノのごとく群がる陣営を、一人通り抜けて行くと？　ははは、蛮勇ここに至れりて極まれりだ。そもそもあの西郷参謀は頑固者で、誰とも目通りせん。少なくとも、上様が御腹を召されるまではな。万に一つの奇跡で辿りついたとて、無役のそなたがいかにして交渉するのだ」

などと頭からガンガン言ってくる。

「お言葉いちいちごもっともですが、ではこの事態をどう収拾されますか。どなたか適任の役職を、派遣してくださいますか」

と突っ込むと、

「この作戦自体が、認められんというのだ」

と頑《がん》としてはねつけた。

すぐにそばから側近が口を挟んだ。

「もはや、どうにもならんのが、おぬしには見えんか。恭順とは、下手な真似はするなという意味だ。悪いことは申さん。あたら一命を無駄にする前に、上様には、ねんごろにお断り申し上げろ」

（愚物どもが！）

と鉄太郎は内心、歯がみした。それでも、

「この策は上様のご内命であります」

と繰り返すことで、何とか了承を得た。必要な軍資金と、万一の場合に備えて、伝馬を使う老中の証文を出してもらうのも、重要なことだった。

動乱の街道筋で何があるか分からない。宿駅に待機する伝馬を使えれば、出来る限り活用するつもりだった。

自分は隠密ではなく、私用の使いなどでもない。前将軍慶喜公の名代《みようだい》として、公務で行くのだとかれは心得ている。

コソコソ裏道などを行けばかえって怪しまれる。危険でも堂々と表通りを行くべきだ、と考えた。

益満については、伊勢守が、老中板倉に面会して帰ってきた。

「鉄よ、こりゃあ難問だなあ。益満は相当に、方々から憎まれておる。釈放には時間がかかるぞ」

とかれは少し呆れ顔で伝えた。

「そもそも御老中自身、この駿府行きには大反対なんだ。絶対に無理である、と。そんな夢みたいな策のために、重罪人を釈放するなど認められん、〝泥棒に追い銭だ〟と顔をしかめられた。しかし〝君命である〟と迫ると、……であればやむを得んが、その場合、少なくともあと四人の了承を取る必要がある……とこう来なすった」

「四人！」

鉄太郎は悲鳴を上げた。肝《きも》が潰れそうな話だった。

主戦派の板倉には、たぶん嘆願それ自体が屈辱なのだろう。

「しかし今は、たぶん石頭の四人に当たって、説得を試みるしかねえんだよ」

「兄上、時間がありません。官軍は、明日にも駿府に入ります。先鋒は六郷川《ろくごうがわ》岸あたりまで進むでしょう。説得に時間をかけては、江戸に着いてしまう……」

「といって、他に策はあるか」

「益満本人に、面会できないでしょうか」

もしそれが可能であれば、何か有効な方法を聞けるかもしれぬ。

「ふーむ、しかし、それも難しそうだねえ」

と義兄は半信半疑で首を傾げている。

だがその翌日、鉄太郎は北町奉行所を訪ね、奉行の石川河内守《いしかわかわちのかみ》利政《としまさ》に面会を請うた。奉行になってまだ一か月の新米《しんまい》である。

益満が捕えられた去年の十二月から三か月たらずで、井上清直《いのうえきよなお》、小出大和守《こいでやまとのかみ》と、奉行は目まぐるしく変わっていた。

この奉行も、このところ多忙で、今日も登城からまだ下がっていないという。

ところが幸い、応対に出た若い内与力が、講武所でよく見かける顔だった。

「山岡先生……！」

とかれは驚いたような表情をした。

そこで鉄太郎は〝君命〟をチラつかせつつ、伝馬町獄舎にいる益満との面会が可能かどうか、問うてみた。

すると相手はしばし沈黙し、周囲を伺うように声を潜めた。

「それが……益満休之助は、獄舎におりませんよ。つい最近、極秘でどこかへ移されたのです」

「えっ、どこへ？」

「分かりません。御奉行もたぶん分からんでしょう。戦が迫っている状況をかんがみ、重臣のどなたかが、どこぞへ身柄を隠したのです」

「その重臣とは誰だ」

と問うたが、相手はすまなさそうに首を横に振った。

万事休すだった。

極秘でそのような命を出せるのは、板倉しかいないだろう。

ただちに義兄にこのことを報告し、上様の力をもって、板倉に質《ただ》してくれるよう頼み込んだ。

だが益満の所在については、四日になっても分からなかった。板倉は上様に呼び出されて飛んで来たが、益満のことは知らぬというのだ。

(益満は諦めよう)

鉄太郎は覚悟した。益満探しに時間をかけていては、手遅れになる。早く出立しなければ、敵の先鋒は品川に入ってしまう。一人で立ち向かうしかない。道中、いい考えが浮かぶこともあろう。

今は一両日以内の出立に向けて、下準備を進めることだ。

明日には、赤坂氷川町《あかさかひかわちょう》の勝安房守《かつあわのかみ》の屋敷に伺うつもりだった。勝軍事総裁には、事前にこの〝決死行〟を了承しておいてもらわねば、失敗しても成功しても大変なことになる。

だが勝海舟は、精鋭隊遊撃隊はじめ、軍事一般を統括する上司であるが、これまで一面識もなかった。〝国を売る佞奸《ねいかん》〟などという悪評も、耳に届いている。

その一方で、義兄の高橋伊勢守は、今の徳川には類のない〝機略縦横の逸材〟と評価している。

その勝であれば、この決死行は認めてくれるかもしれない。

六

「頼もう」

三月五日の午前、氷川坂下の勝安房守邸の玄関に立ち、屋敷中に響きわたる大音声で呼ばわる男がいた。

玄関の外には、乗ってきた精鋭隊の馬が繋がれている。

しばらくして奥から現れた美しい女中は、この客人を見て、一瞬目をみはった。六尺を超す巨体に、紋付羽織と袴をきちんと纏い、腰には刀をさしていた。

山岡家の〝丸に桔梗《ききょう》〟の紋入りの羽織袴は、精鋭隊に入ってから用意し、いつどこへも行けるように控えの間に置いてあったし、刀は同じ時期に、急遽近くの古道具屋であつらえたものだ。

「それがし、精鋭隊の山岡鉄太郎と申す者。火急の用で、勝先生にお目にかかりたい」

山岡の名を聞いて、女中は上がり框に両手をつき、頭を下げた。その名の者が来たら追い返すよう、言いつかっているのだ。

「申し訳ございませんが、当家の主人は登城中で、しばらく戻りません」

「勝先生が、今日は在宅であらせられると、兄高橋伊勢守より聞いて参った。至急、お取り次ぎ頂きたい」

「いいえ、先ほど急に呼び出され、急ぎ出かけたのです」

女中は困惑し、何とか知恵を絞って言った。

「どうか日を改めて、お出かけ下さいまし」

「それがしは寛永寺大慈院にて、御内命を賜った者。それについて相談したきことがあると、お伝え願いたい」

客は大きな目をぎょろつかせ、大木のように突っ立って、屋敷中に響き渡るような声で言い、譲らない。

「ですが、何度も申すように、主人は不在でございまして……」

「お女中、急ぐのだ、早く伝えに行かれよ」

大声で一喝すると、女中は怯《おび》えたように頭を下げ、摺り足で奥に引っ込んだ。

海舟は鉄太郎と面識はないが、評判はすでに聞き及んでいる。〝鬼鉄〟と呼ばれる剣の達人で、大変な暴れ者であると。

「そのうち貴公を殺しに行くかもしれんから、面会なさるな」

としばしば忠告する重臣もいて、面会などもってのほかと考えていたのである。

だが鉄太郎とても、ただ当てずっぽうに氷川町くんだりまで、馬を飛ばしたわけではない。

義兄伊勢守は、軍事総裁の配下にある。職務上、上司の登城の日や、遠方まで出かける日など、大体の予定を把握していた。

鉄太郎はそれを前もって確かめた上で、この日を選んだのである。

〝勝邸を訪問すると待たされる〟とは聞いていた。それでも会えればいい方で、門前払いを食わされる者も少なくないという。

鉄太郎は、屋敷の奥の物音や、外に繋いだ馬の鼻息などをじっと聞きながら、立ち尽くした。

そのうちにまたあの美しい女中が現れて、どうぞ……と今度は先に立って、黒光りする廊下の奥へと導いた。

案内されたのは海舟の書斎らしい。

かれは床の間を背にして文机に向かい、何やら書き物をしていた。

どしどしという廊下の足音で、筆を置き、顔を上げた。

女中が障子を開くや、大男が長押《なげし》をくぐるようにひょいと身を屈めて、室内に踏み込み、恐れ気もなく海舟の前までずかずかと突き進んできた。

「お邪魔つかまつります。山岡鉄太郎にございます」

座ると一礼し、よく響く声で言った。

「それがし、君命により、近々にも総督府本営まで至って西郷参謀に拝謁し、朝廷への上様の偽りなきご真情を伝えつかまつることに相なりました。つきましてはその仔細について、勝先生に確《しか》とご相談申し上げたく、まかり越しました」

「…………」

勝は聞いているのかいないのか、黙っていた。

「先生は、この駿府行きについて、どのようにお考えですか」

「……異なことを聞くね」

こいつめ、妙なことを言いおって、とでも言いたげな顔でやっと口を開く。最近はこの手の身の程知らずのふざけ者が多くて困る……と勝は思っていたようだ。

「上様からは、おれにもそんな使者の話が来たが、断ったよ。お前さんが行って、どうなるね」

「上様の、何としても戦を避けたいとの御志は深く、いま一度、使者を遣わすことになったのです」

「相手は鬼の西郷だ、嘆願したところでムダさ」

「では一体どうすればいいとお考えですか」

「それが分かれば苦労はない」

「しかし、御身はいやしくも軍事総裁ではござらぬか。何か所感がないはずはないと存じます。それをぜひお聞かせ願いたい」

「…………」

勝安房守は面食らって、この巨漢を見返した。

名も知らぬ軽輩がいきなり乱入してきて、軍事総裁たる自分に、大声で叱咤するのである。その意図は奈辺《なへん》にあるのか。

相手は、鬼鉄なる暴れ者。ここでうっかり本音を吐けば、殺されるかもしれぬ……。

勝はそう危ぶんだ。

その様子を鉄太郎はじれったそうに見て、力をこめて声を発した
「何を憂慮されて、そうぐずぐず躊躇《ちゅうちょ》なさるのですか。事すでにここに及び、もう一刻の猶予もならんのですぞ」

「おいおい、そうがみがみ言いなさんな」

海舟は眉をひそめて言った。

「しからば、こちらからもあんたに問おう。この期に際して……とあんたは言うが、では今、幕府の取るべき方針は何だと思うのか」

「これからの時代、幕府だ薩州だと、そんな区別は必要でありましょうか。われらの相手は一天四海《いってんしかい》、すなわち世界と考えます。もはや個々に争ってなどいる場合ではござらぬ。少しでも早く和平をまとめ、挙国一致の体制を打ち立てるべきではないかと……。今こそ、天業回古《てんぎょうかいこ》の好機ではござらぬか」

「ふむ……」

勝は目を見開き、改めて相手にヒタと視線を当てた。

今までの人生において、〝天業回古〟などという言葉を使う者に、会ったことがあろうか。この客人は初対面で幕臣の自分に、

「天皇親政を仰ぎ、一天四海（世界）に君臨し奉りたい」

と恐れ気もなく言い放ったのである。

今まで胸に渦巻いていた、この異様な客人への疑惑の雲が、サッと晴れわたるような気分だった。

何たるハッタリだろう。ハッタリでは負けたことのない勝が、今は痛快な気分で己れの負けを認めた。

「なるほど、分かった。ではさらに訊こう。官軍の営中まで、一体いかにして行くつもりか」

「臨機応変、わが胸中にありです」

鉄太郎はすかさず答えた。

「敵陣に入れば、必ずやどこかで捕えられ、斬られるのは覚悟の上……。その時は抵抗せずに刀を渡し、なすがままになる所存です。敵とても、無抵抗の者を、そうむやみに斬りはせんでしょう。斬られる前に、自分は大総督に言上《ごんじょう》したきことがある、と申せば、大概は聞いてもらえるはずです。使命を全うして殺されるのなら、天命でござる。何を恐れることがありましょうか」

「ふーむ、いい度胸だね」

勝はしきりに頷いて言った。

「臨機応変とはもっともだ。計画しても、相手がそう来るとは決まってないからな。無計画の中に、ちゃんと計画はある。剣の達人が、突然どこから打ち込まれても討たれないのは、機にのぞみ変に応じる覚悟があるからだね、では最後の一問だ。西郷参謀に会ったら、何と言う？」

「あいにく、今は何も考えておらんのです。ただ無策ながら、次の三点を、誠心誠意をもって言上したく存じます。すなわち上様の二心なき恭順、江戸総攻撃の中止、徳川の存続……の三点です。ただ、一つ申し遅れました」

と鉄太郎は、頭を下げた。

「最後に一つ、お願いの儀がございます。西郷参謀に宛てて、勝先生から一筆手紙を認《したた》めて頂けたら、望外の幸せです」

「はあ、なるほどね。この作戦は難しいと最初は思ったが、こうして聞いてるうちに、何だかお前さんならやれそうな気がしてきたねえ。鬼鉄、鬼の西郷に物申すか。うん、やってごらんよ。やる価値は大いにある。よし、これから手紙を書こう」

勝安房守は、にこにこ笑って言った。

「もう一つある。薩人を用心棒につけてやろう」

「ええっ……」

大きな目を見開き、まじまじと勝を見て鉄太郎は言った。

「も、もしやそれ、益満休之助ではございませんか？」

「えっ」

今度は勝が、まじまじと見返す番だった。

「どうしてそれを？」

「いや、実は益満はそれがしの友人でしてな。薩摩男なんで、駿府まで同行願えないかと、奉行所に罷《まか》り出たところ……」

「ははは、何者かが連れ去ったと」

「まさか勝先生とは思いませんでした」

勝は声を上げて笑い、鉄太郎もそれに同調して笑った。

「なに、近々に処刑すると聞いたんでね、おれが命乞いして引き取ったのさ。人質として有効活用できるかもしれんと」

「さすが軍事総裁、お見それしました」

「益満にしても、処刑寸前の無罪放免だ。それで用心棒になるんじゃ、お釣りが来ようよ。この件については、おれに任せていい」

「有り難うございます。御同意を頂き、さらに益満のお下げ渡しに預かって、それがし、思い残すことはございません。さっそく、明朝にも出立しようと思います」

「うん、早い方がいい。これから益満を呼ぼう」

「いや、明日出発と決まれば、先を急ぎます。今夜五つ（八時）に、鷹匠町のわが家で落ち合おうと、お伝え願えませんか。そこで仔細を打ち合わせようと……」

「よし、承知した」


西郷参謀への手紙を書いてもらい、すぐに勝邸を辞した。

大慈院まで大急ぎで戻ると伊勢守に会い、勝安房守との会見のいきさつと、益満の身柄を押さえたことを報告した。

「おおっ、本当か、それはようござんしたな」

事情を聞いて義兄は驚き、溜息まじりに呟いた。

「しかし世の中、分からねえもんだな。百回頭下げても叶わぬことが、鼻毛の一吹きで叶うこともある……」

板倉老中は、知っていて意地悪したのか、蚊帳《かや》の外にいてまるで知らなかったのか、その辺りはよく分からない。

ただ軍事総裁勝安房守の力を、改めて知らされた。いま大きな実権を握り、徳川の命運を背負っているのはあの人物だ、と。

七

翌六日の早朝、鉄太郎と益満は連れ立って自宅を出た。

桜の季節とはいえ、夜明けの空気は身が引き締まるように冷たい。

まだ明けやらぬ薄暗がりを、二人は影になって進んだ。

「……足は大丈夫か」

少し行ってから、鉄太郎は言った。かれ自身は並外れた俊足である上、健脚だった。もちろん益満も普通の市井人ではない。足腰は相応に鍛えており、鈍足でもなかった。だが、今はいささか事情が違う。

鉄太郎は昨夜、準備のためあちこち駆けずり回った。何よりも困ったのは、腰に帯びるまともな大小がないことだ。そこで親しい精鋭隊員の関口隆吉《せきぐちたかよし》を訪ね、日頃から自慢にしている長脇差を貸してくれるよう頼んだのだ。

関口は事情を聞いて頷き、

「まあ、敵参謀と会うなら、このくらいの刀は必要だろう。ただし必ず生きて帰ってくれよ。あんたが帰らないと、刀も戻らんから」

と言って、〝御召こじり〟の名刀を気前よく貸しくれた。

そのあとで呑み、大酔して遅めに帰宅したのだが、そこで待っていた男を見て、酔いも吹き飛びそうに驚いた。

二か月の拘禁《こうきん》は厳しかったのだろう。以前よりはるかに痩せ、真っ黒な顔には頬骨が飛び出し、唇から顎にかけて刀痕があった。

だが凄惨な容貌とは裏腹に、その表情は明るかった。千鳥足で戻った鉄太郎を見て、あの不敵な男が涙ぐみ、薩摩弁で言ったのだ。

「鉄さん、おいは地獄の一丁目から帰ってきもした。好きなごと使ってくいやんせ」

「やあ、これはめでたい。しかし休さん、あんたは使えねえ。こんな旅なんぞに出る前に、ゆっくり休んで身体を直せ。今夜は一杯やろうや」

と酔って涙もろくなった鉄太郎は、ぼろぼろ涙を流した。

「何を言うか、鉄さん。わしがおらんでどうやって行く」

と益満は食い下がった。

「徳川衆と違って、薩衆は気が荒いぞ。わしは見た目ほど弱っておらんから、足手纏《あしでまと》いにはなるめえよ。それより明朝の出立は早かろう。早う話を聞かせてもらい、少し眠りたい」

「そうか、うむ、そうだな」

とかれは大事な長脇差しと路銀の入った包みを奥の座敷に置き、居間へ向かって手を叩く。

「おーい、飯はあるか」

「はい、ただ今」

とお英がただちに〝飯〟を運んで来た。大根葉を刻んだ漬け物と空茶碗の載った膳と、一升飯の入ったお櫃、それに白湯《さゆ》である。

二人は向かい合って旨そうに湯漬けを十五、六杯かき込み、お櫃を空にした。それから奥の間でしばらく話し込んだ後、寝間着に着替え、脱いだ羽織袴を包んで旅支度を整えるようお英に言いつけ、そばの蒲団に横になった。

二刻（四時間）の仮眠で、かれはケロリと起きた。勝の書状を腹巻きにしまい込み、風呂敷包みに路銀を押し込んで斜め掛けにし、

「ちょっと出て来る」

と言って家を飛び出したのである――。

「いや、ご心配なく。これで足には自信があいもすよ」

日頃は江戸言葉の益満だが、今日は薩摩訛《なま》り丸出しだった。

「それに昨夜、茶屋に繰り込んで、たらふく食いもした。実は勝さんから、支度を整え旨いものを食え、と路銀をもろたんです。それも百五十両……」

「ほう、百五十両！　さすがに剛気だな」

と、鉄太郎は率直に喜んだ。泥棒に追い銭と言った御仁とは、ずいぶん違うではないか。

勝安房守はこの百五十両に、〝裏切るなよ〟の一言を託したのだと、鉄太郎には痛いほど分かっている。

それを知ってか知らずか、益満は懐を叩いてみせた。

「こいつは有りがたか。こんなこたァ、滅多にあいもはんよ」

それから二人は無言で、足を速めた。

伝通院近くの木立に精鋭隊の馬二頭を回しておくよう、腹心の部下に言いつけてある。部下はその場所で、忠実に待っていた。

三人で品川宿まで馬を飛ばした。

北品川宿で馬を部下に返し、ここで伝馬に乗り換える。ここからは、行ける所まで東海道を馬で馳せることになった。

鈴《すず》が森《もり》を過ぎ、六郷《ろくごう》の渡しまで来ると、対岸に兵が動くのが見えている。ここで馬を乗り捨て、渡し舟で六郷川を渡った。

対岸に着くと、丸に十の字の紋旗がはためいていた。薩摩島津《しまづ》氏の紋である。

街道筋の両側には、先鋒の銃隊が数十人、鉄砲を抱えて待機している。皆、筒袖《つつそで》にダンブクロの洋式の軍服に身を固めていた。

今は古風に見える旅姿の鉄太郎と益満は、その中を、臆さずにずんずんと進んだ。

だが不思議なことに、この二人を怪しんだり、行く手を阻む者はいない。

そのまま進んで川崎宿《かわさきしゅく》に入ると、大きな構えの旅籠《はたご》があり、門前には何人もの番卒が立っていた。

（ここが隊長の宿営する本陣だろう）

と二人は目を見合わせて、頷き合った。

番卒の一人がこちらを見て誰何《すいか》しようとした。すると先に立っていた鉄太郎は、分かったと言うように頷いて門を入り、つかつかと屋敷の入り口に歩み寄って、中を覗いた。

そこは広い土間で、上がり框《がまち》の向こうには、広々とした板敷きの間《ま》が幾つかある。

そこに、百人近い兵がぎっしりと詰め、胡座《あぐら》をかいて朝飯を摂《と》っていた。

鉄太郎は案内も乞わず中に入り、隊長とおぼしき、床の間を背負ってどっかり座っている男に、大音声で怒鳴った。

「朝敵徳川慶喜家臣山岡鉄太郎、大総督府へ通る！」

一斉に皆が振り返った。

隊長と思《おぼ》しき人物は、何が何やら呑み込めないらしく、

「トクガワケイキ……トクガワケイキ……」

と口の中で呟きつつ、突然現れた大男を眺めた。他の兵士たちも呆気《あっけ》にとられ、声もたてずにこちらを見ている。

その時には鉄太郎は、一同に背を向けて、ゆっくりと土間を出て行くところだった。入り口に立っていて、中に入り遅れた益満が、慌ててそのあとを追った。

番卒は、偉い人が司令官に挨拶をすませて来たかと勘違いし、ごくろうさんです、と頭を下げて見送った。

屋敷の外に出ると、鉄太郎はやおら大股になり、早足で街道を西に向かう。

「あッ、徳川慶喜、家来か……」

と隊長が気がついて、飛び上がらんばかりにあとを追わせた時分には、影も形も見えない所まで進んでいた。

「山岡の鉄さんよ、あげん無茶なこつ止《や》めてくいやんせ」

やっと追いついた益満が、胸を拳骨《げんこつ》でしきりに叩きながら、苦情を言った。

「何かあったら、勝さんに面目がたたんよ。おいに任せてくれ」

「すまん。一言挨拶しておきたかった」

と鉄太郎は悪びれずに笑っている。

益満は肩をすくめた。長年付き合っても、この人物が慎重なのか無謀なのか、分からないのだった。

この日の東海道は晴れ。柔らかい春の陽がさんさんと溢れているが、遠くは春霞みでおぼろに霞んで富士山は見えない。

額に汗を滲ませながら進む途中、幾つもの薩摩の部隊とすれ違った。だがやはり少しも怪しまれぬままに、半刻ほどで神奈川《かながわ》宿に至った。

神奈川宿の入り口に立つ旗は、一文字三つ星。長州毛利《もうり》氏の家紋である。そこらに溢れる兵は、長州兵だった。

「何者か」

とすぐに番卒が寄って来て、誰何する。

「おいは、薩摩藩の益満休之助でごわす。大総督府の西郷参謀に所用があり、急ぎまかり通る」

と今度は益満が進み出て、大声で説明する。その抑揚には薩摩訛りが濃厚で、長州兵は表情を柔らげて頷いた。

「ご苦労であります。お通りください」

通行手形などあらためられずに、二人は通り過ぎる。

その先も宿駅ごとに長州兵が充満していたが、益満の薩摩弁のおかげで、どこでも友好的に寓してくれた。

鉄太郎は背後に突っ立っているだけで、何事も訊かれはしない。この薩人を相棒にたてたのは、大正解だったのだ。

〝宮さん宮さん、お馬の前にヒラヒラするのは何じゃいな……〟と朗らかに合唱しながら行軍してくる部隊にも何度か出会った。

ずんずんと、飛ぶように歩いている二人も、そんな時は足を止めて道端に佇み、やり過ごす。

鉄太郎は、この〝トンヤレ節〟を、すでに江戸っ子が歌っているのを聞いたことがあるが、一番だけだった。

何番めかの歌詞がこうであるのを、今初めて知った。

〝音に聞こえし関東武士　どっちへ逃げたと問うたれば　城も気概も捨てて　吾妻へ逃げたげな……〟

　それを初めて耳にして、思わず苦笑を禁じ得なかった。

　敵将はこんな応援歌まで作って兵士に歌わせ、

「とことんやれ、とことんやっつけろ……」

と檄《げき》を飛ばし、太鼓や笛で囃《はや》して、気勢を上げようとしているのだ。実際、そのピーヒャラドンドンのお囃子を聞いていると、腹の底がワクワクし、やる気が出て来るようだ。

　その周到さは、敵ながらあっぱれだった。

「面白い歌だねえ」

　とさらにずんずん歩きながら、鉄太郎は皮肉に笑って言う。

「発生は薩摩か」

「いや、噂じゃ、作ったのは長州らしか」

　と益満が笑いながら、教えてくれた。

　江戸に行軍するために、何か気勢の上がる行進歌を作れとの命《めい》を受けて、長州藩士の品川弥二郎《しながわやじろう》が歌詞を書き、大村益次郎《おおむらますじろう》が曲を作ったそうだと。

八

程ヶ谷《ほどがや》、戸塚《とつか》、藤沢《ふじさわ》、平塚《ひらつか》……。

飛ぶように宿場を抜けたが、どこにも官軍の兵が溢れていた。数日前までは、商人や旅人が行き交うただの街道筋だったのだから、恐ろしい。

大磯《おおいそ》を走るように抜け、小田原が近づいてきた頃、

「さて、山岡さん、小田原の先はいよいよ箱根でごわす」

一足遅れて追いかけてくる益満が、息を切らしつつ追いついて、思案げに言った。

「箱根の関所は、もう官軍の手に渡っとうよ。途中から間道《かんどう》を行きもすか」

「いや、それはかえってよろしくねえな」

と鉄太郎は足を止めずに、即座に答えた。

「こんな大事に際しては、つとめて疑われねえようにすることだ。抜け道にこそ、見張りの目が光っておろう。みだりに逃げ隠れして見つかり、詰問でもされたら、どう言い訳しても連中は承知せんだろう。むしろ、こちらから敵陣に乗り込み、これこれの所用でここを通ると、堂々と初志を貫くべきだろう」

なるほど、ではあの川崎宿での無茶ぶりは、そんな強い思いが余ってのことか、と益満は納得した。

二人は途中で草鞋を履き替え、飛ぶように東海道を西へ西へと突き進んだ。

小田原に着いた時は、もう日が暮れかけていた。

小田原城下には薩摩兵が詰めていて、町は何やら騒然としているようだ。旅姿の二人を見かけても、誰一人として、声をかけてこない。

「町で何かあったのかね」

益満が若い薩摩兵をつかまえ、通りがかりの旅人然として問うた。

「戦いが始まりもした。甲州《こうしゆう》の勝沼《かつぬま》あたりらしかです」

「ほう、勝沼ちゅうと、甲府城でも乗っ取ったか？」

「はい、そのようです。官軍が、江戸から来た幕軍と戦って、敵をさんざんに懲らしめたと……」

と兵は興奮したように言う。

周囲の熱いざわめきを聞いても、大砲を撃ち合う凄い戦闘だったらしい。

兵の一団と離れると、益満が言った。

「とうとう始まりもした。官軍の将は、土州《としゆう》の板垣《いたがき》でごわそう」

「ふーむ、土佐《とさ》か。幕軍側はどうやら、あの近藤勇らしいな」

と鉄太郎が推測した。

「あの新選組でごわすか」

益満はいかにも感慨深げに呟いた。かつての京で、仲間がさんざにやられた宿敵の名である。

鳥羽伏見の戦いで敗れた近藤らは、江戸を目指した。

一時は自主的に寛永寺周辺を警固していたから、精鋭隊を率いる鉄太郎は、よくそのいかつい姿を見かけていたのだ。

それが、いつからか姿を見せなくなっていた。

調べによれば、近藤はその後、新選組の生き残りや浪士ら二百数十名を駆り集めて、〝甲陽鎮撫隊《こうようちんぶたい》〟を組織し、甲州方面に出撃したという。

どうなるものやら、と皆で噂したのを覚えている。

「小田原でゆっくりしたいところだが、急がねばならん」

と鉄太郎は言った。

「今夜は湯本《ゆもと》辺りまで行きたいが、休さん、おぬしの足はまだ大丈夫か」

「鉄さんの健脚速歩にはかなわんがね、なに、まだまだ大丈夫。少しでも駿府に近づきもそや」

二人は、手軽な一銭飯屋を見つけて丼飯をかき込んでから、宵闇迫った町をそそくさと出立した。

湯本まではあと二里近くある。月もない起伏の多い山道を、提灯の灯りを頼りに進んだ。

湯本の入り口に一里塚があり、灯りで照らすと〝江戸から二十二里〟と読める。歩きに歩いたもの……。

旅籠『福住《ふくずみ》』に着いたのは、六つ半（七時）を回っていた。

湯本は、立場《たてば》と呼ばれる中継ぎの休憩所だったから、宿は少ない。平時は湯治《とうじ》客しか泊まらず、旅人は小田原宿で泊まって、箱根の関所を目ざすのである。

だが今は戦時中だから、そうも言っていられない。

西に東に往来する官軍の兵が、毎晩、入れ替わり立ち替わり『福住』に投宿するという。今夜も官軍の兵が溢れかえっており、騒然たるざわめきと賑やかな灯りが、外まで漏れていた。

「あいにく今夜は貸し切りでございます」

と宿では丁寧に断ってきた。

ところが益満は、薩摩一の交渉上手である。急用のため、どうしても駿府の大総督に会いにいかねばならぬ、と頑張った。

交渉の末、とうとう一階の蒲団部屋を空けてもらうことになった。

宿の前に立てられている紋旗は〝備前蝶《びぜんちょう》〟だ。鉄太郎は、岡山《おかやま》藩池田《いけだ》氏の家紋と記憶する。

宿帳を持って挨拶にきた主人に、宿を占領している相客を訊いてみると、案の定岡山藩の兵士で、この日の夕方に箱根の関所を越えてきたばかりという。

鉄太郎は益満と顔を見合わせた。

というのも岡山藩の先代藩主茂政《もちまさ》は、徳川慶喜の弟君である。

そのため尊王か佐幕か、明らかにしないまま、今年一月、戊辰戦争が始まるとすぐに若くして隠居した。十代目を継いだ章政《あきまさ》は、先月、薩長につくことをついに宣言したのだった。

そんないきさつを考え、益満とも相談して、この土地で有名な地酒『箱根山』の二斗樽を、隊長の部屋まで届けさせたのである。それには一筆添え、こちらの立場を明らかにしておいた。

二人はまずは温泉に浸かり、旅の疲れを流した。湯から上がり、清潔な浴衣に着替えて一杯やっていると、番頭が来て頭を下げ、

「あちら様が大いに喜ばれましてね。これからささやかな宴を開いて先ほどの菰樽《こもだる》を開けるから、浴衣のままでお越し願えないか、とお二人を招いておられます」

と言うのである。

もちろん二人は喜んで招きに応じた。

岡山藩の人々は、純朴だった。鉄太郎が前将軍慶喜の〝和平の使者〟であると明かすと、そんな人物と同宿したことを祥瑞《しょうずい》とし、大いに饗応してくれたのである。

夜を徹して呑み語らってから、二人はまた二刻ほど仮眠しての出立となった。

関所は、明《あけ》六つ時に開門となる。

そこで翌七日は、それに合わせて夜明け前に起き出し、身支度して、まだ皆が寝静まっている中を出立した。

山中の朝の空気は、息が白く見えるほど冷たかった。

二人は朝もやの中を突っ切って急いだが、箱根路は石のゴロゴロ転がる急な登り坂である。

おまけに益満はこの朝、体調が優れず、何も口にしなかった。

心配させまいとしてどこが不調とも明言せず、無言でせっせと歩くのだった。しかし坂道が急勾配になると、どうしても遅れがちになってしまう。

鉄太郎がその肩を支え、何とか関所まで辿り着いた。

恐れていた関所の検問も、益満の如才ない受け答えで、難なく通る事が出来た。昨夜の岡山藩の隊長が、通行手形を持たぬ二人のため、推薦状を認《したた》めてくれたおかげもあっただろう。

関所を越えてからも、益満は懸命に歩いた。

やがて山中峠《やまなかとうげ》にさしかかる。ここは起伏が多く曲がりくねって、箱根峠よりも険しかった。

益満は頬を引きつらせ、時々立ち止まっては歩きだす。

長い峠が終わりに近づく頃、ついにしゃがみ込んで、歩けなくなってしまった。

「大丈夫か、休さん、どう痛むのか、ただの腹下しか」

「刺し込むように痛むが……、たいしたこたァあいもはん。ただの二日酔いだ。昨夜、少々酒を過ごしたごとです」

と言うそばから、藪に首を突っ込んでゲエゲエ吐いた。

二日酔いと言えば言えるだろうが、それだけではないだろう。

最近まで獄舎に幽閉されていた者が、いきなり炎天に炙《あぶ》りだされ、途方もない遠距離を、飛ぶように歩いたのである。

そんな強行軍で消耗した体に、大量の酒と御馳走がなだれ込んだため、腹の中は驚いて痙攣《けいれん》し、炎症を起こしているだろう。

悪疫ではなさそうだ。必要なのは腹薬と休息だと鉄太郎は判断したが、あいにく薬は打撲薬しか持ち歩かない。

「峠を下りるとじきに三島《みしま》だ、もう少し我慢しろ」

と鉄太郎はいよいよ病人を背負って、急勾配の坂を何とか下り、峠を越えたのである。

真っ先に目に入ったのは、門前に白い桜がほころんだ鄙《ひな》びた宿である。ここへ病人を担ぎ込み、出て来た主人とおぼしき初老の男にわけを話して、薬を所望した。

主人はすぐに、薬を出して来た。腹下しと二日酔いに効く〝五苓散《ごれいさん》〟と〝黄連解毒湯《おうれんげどくとう》〟、と説明して呑ませ、奥の部屋に蒲団を敷いてくれた。

しばらく目を閉じて横になるうち、青黒い顔に生気がさしてきて、薬がきいてきたようだ。やっと落ち着きを取り戻した益満の背をさすりながら、鉄太郎は言った。

「休さん、貴公のおかげで、江戸からここまで何ごともなく来れたんだ。大事にしてくれ。まだ駿府までは道中長いから、今日はゆっくり休もうや」

「いや、鉄さん、聞いてくれ」

急にかれは身を起こして座り直し、目を据えて言った。

「これからおいの口から出る言葉は、上様のお言葉と思ってほしか。鉄さんは、一刻も早く駿府に着くのがお役目だ、おいに構わずすぐにも出発してくいやんせ」

「そうはいかん」

鉄太郎は首を振った。こんな辺鄙《へんぴ》な山里に、病人を置いていくわけにはいかない。

「いや、頼むから、そうしてくれもす」

と益満は言い張った。

「おいは大丈夫。一段落したら、早駕籠であとを追いかけもすから」

九

鉄太郎はこの旅籠で、旅の支度を整え直した。

握り飯を沢山《たくさん》作ってもらって昼をすませ、残りを弁当にし、茶を竹筒に入れてもらう。草鞋を変えて足拵えし、替えも持った。

「では先に参る！　駿府で会おう」

と言って旅籠を走り出て、単身で、三島《みしま》に向かったのである。

ここから単独行を勧めた益満の判断は正しかった。もう戦闘が始まった以上、ぐずぐずはしてはいられない。官軍はすでに川崎宿まで到達している。甲州の戦が、いつ江戸まで飛び火しないとも限らなかった。

それまでに何としても、総督府に行き着かねばならない。

三島に入ったのは、頭上にあった陽がやや傾き始める頃だった。

この街道沿いにも洋風軍服の官軍が溢れていて、益満不在の今となっては、いささか気後《おく》れがする。

少し進むうち本営らしい屋敷が見え、銃を持った番卒が二人、門前に立っていた。藩旗を見てもどこの藩かよく分からないが、どうやら薩摩藩ではなさそうだ。

その前を通り過ぎようとした時、止まれ、と誰何された。

首を巡らすと、門の中には十人近い兵が集まっている。巨きな目でその様を一瞥した時、一計が閃いた。

鉄太郎は、分かったと言うように手を上げて門兵を止め、ずかずかと門内に踏み込んだ。

「足下らは、徳川の兵でごわすか？」

と持ち前の大音声で問うた。相手が薩人でなければ、インチキ薩摩弁も何とかなると思ったのだ。

「えっ？」

何ごとかと、全員が一斉にこちらを見た。近くにいた一人が、ムッとしたように陣笠を指さして答えた。

「この藤堂蔦紋《とうどうつたもん》が目に入らんか。われわれは津《つ》藩の官兵である」

「しからば何ゆえ、錦符をつけておらんのか」

とさらに一喝《いっかつ》する。

皆は慌てたように、互いの身なりを見回した。言われてみれば、官軍の証《あかし》である赤い錦章を、誰も付けていないのだ。

「あ、これはうっかりした。あれは、たしかあの長持《ながもち》に……」

と隊長格の兵が、自ら玄関に駆け込んでいく。

すぐに錦符を抱えて戻るや、皆に一枚ずつ配り、まだそこに佇んでいる鉄太郎に向かって会釈した。

「やあ、恥ずかしいところをお見せした。ご指摘の風紀の乱れ、肝に銘じます」

「いやいや、ちっと気になっただけでごわす」

と鉄太郎は大きく笑った。

「申し遅れたが、それがし、薩摩藩の山岡鉄太郎。火急の用で、駿府の大総督府まで急いでおいもす。駿府までは、まだだいぶありもすか?」

「あ、大総督府というと……」

と相手は緊張したように頷いて、

「薩摩の西郷殿の所へ参られるか」

鉄太郎が頷くと、相手は尊敬の眼差しになった。

「駿府までは、まだ少々ありますよ。それに戦が始まったんで、市中には検問が幾つもあって、えらく時間がかかります」

「それは困った。一刻も早く着かねばならん、近道はありもすか」

「そうですねえ。この道を突っ切って、早いとこ沼津《ぬまづ》の海岸に出られた方がいい。あ、検問の少ない道を、うちの兵に案内させましょう」

と隊長は心得顔で、二人の若い兵士を、道案内につけてくれたのである。

おかげでほとんど誰何されることなく、検問では、

「この方は薩摩藩士で、総督府に急いでおられます」

と同行の兵が助太刀してくれて、何事もなく通り抜けられた。

「沼津から由比《ゆい》までは、駿河湾《するがわん》沿いの平坦な道です。馬が必要であれば、途中の屯所《とんしょ》に事情を話して借りたらいいでしょう」

と逆に先方から助言されるほどだった。


ものものしい三島市中を抜けると、紺碧の海が目に飛び込んできた。駿河湾である。気のいい兵士らとは、ここで別れることにした。

道は青い海に沿って続いている。この辺りは〝千本松原〟というだけあって、海岸線は美しい松林で縁取られていた。

その先は百人一首で有名な〝田子《たご》の浦《うら》〟だ。右手前方には、富士山が裾野をかすませながら、真っ青な空に頂きを突き出している。

鉄太郎は一瞬、目を細めてこの風景に見とれた。険しい箱根の山道をひた歩きに歩いてきたかれには、白い帆掛け舟が浮かんでいる青い穏やかな海は、一服の清涼剤だった。

だがのんびり風景を楽しんではいられない。

気を引き締めてすぐに歩きだし、沼津から原《はら》、吉原《よしわら》と、潮の香を嗅ぎながら、走るようにして通り抜けた。

どの宿にも官軍の部隊が配されており、かれはそのたびに松林の中を通ったり砂浜に下りたりして姿を隠した。

何とか見咎められず、ひたすら歩きながらも、考え続けた。

別れる前に、あの若い兵とかわした会話が、胸にのしかかる。

「明日には駿府に入りたいが、どうだろか」

と問うと、二人は首を傾げた。

「行けんことはないですが、夜に薩埵峠《さったとうげ》を越えるのは奨《すす》めません」

薩埵峠とは、由比から興津《おきつ》に向かう中間にある峠で、東海道五十三次の中でも、難関中の難関といわれている。

山が海へと突き出す地形になっていて、東海道はこの峠を越えて行く。しかし急峻で時間もかかるので、昔は下の波打ち際を駆け抜けたらしい。だが満潮時や、嵐の日は波に攫《さら》われる者も続出し、〝親知らず子知らず〟と呼ばれたという。

そんな危険から、今は峠越えの本道を行くようになっていた。

だが鉄太郎は、峠道には検問があるだろうと考えた。

「その峠下の海の道だが、それほど危険なのか」

「今から行けば、夜になるでしょう。山道を行くのも危ないのに、夜の親知らず子知らずは、とても無理無理……」

ではどうしたものか、と考えあぐんで歩き続けた。

富士川《ふじがわ》を渡ると日が暮れかけ、細い月が上っていた。

蒲原《かんばら》の辺りで、官軍の屯所になっていない荒れ寺を見つけた。その小さなお堂の陰に座って、握り飯を食べ、生温い茶を呑んだ。

(明日八日には駿府に着きたい)

そのことだけが頭にある。ではどうしたらいいか。

(今夜中に一気に〝薩埵峠〟を越えるしかない)

それが答えだった。

仮に手前で宿をとったとして、翌朝、峠の上で官軍の検問に出会うだろう。白昼の検問は、さすがのかれも敬遠したい。何か悶着があれば、余計に時間をとられるからだ。それよりも夜陰に紛れて屯所を迂回し、峠を越える方が危険度は低く、早く着くのではないか。

無事にここを抜けさえすれば、明朝には駿府に入れよう。宿をとって身仕舞をただし、夕方には西郷参謀に面会出来るか……。

　そんな計算に、心が沸き立った。

「それに、駿府は何といっても徳川の天領ですからね。官軍に敵意を持つ者が多いです。夜道はまあ、避けた方が無難でしょう」

　とも若い兵士らは、肩をすくめて言ったのだ。

　だが賊が出ようと官軍が出ようと、峠越えしか手はない。

　そう心を決めると、お堂にもたれてしばし仮眠をとった。

　目を醒ました時、春の柔らかい夜空に、満天の星だった。

　かれは足拵えをし、短銃を革袋から出して懐中に納め、お召しこじりの刀をさし、再び歩き始めた。今夜が山だろう、との思いがある。

　提灯もつけずに闇の中を進み、由比を通り過ぎたのは、亥《い》の刻（十時）頃だった。山肌に貼りつくように黒々と民家が続き、もう灯りがほとんど消えている。まれに灯りが見えると、ほっとした。

　先に、海辺の道に行ってみようと思った。

　しかし満ち潮であるのは、行かなくても分かった。左側に続く海岸に、ひたひたと潮が満ちているのが星明かりに見えている。

それでも近くまで行ってみたが、波打ち際に昼間はあっただろう浜はなく、波は直《じか》に岩場を洗っている。まさに〝親知らず子知らず〟の時間帯だった。

潮が引くまで、二刻はかかろう。

待っているわけにはいかぬ。

かれは峠の入り口まで戻って、山道を登り始めた。これが東海道かと思うほどに細く、石ころだらけのごろた道である。

漆黒の闇が、生き物のような気配で迫ってくるが、暗がりには目が馴れている。道は切り立った山肌に沿い、曲がりくねって続く。

両側からは黒々と木々が枝を伸ばし、暗い中にも、さらに行く手を暗くする。左側の茂みの下は崖で、遥か下に波が打ち寄せ砕ける音が聞こえている。

だんだん急勾配になる。道は石ころだらけで、足を滑らせれば、転倒しそうだった。

そのうち濃い木々の匂い、潮の匂いに馴れていた鼻を、ひくつかせた。微かに煙の匂いがする。

(上の方で、火をたいている!)

かれは足を止め、耳をすませた。話し声は聞こえない。足を忍ばせてゆっくり進むうち、曲がりくねった道の木立ごしに、赤々と篝火《かがりび》が見えた。

(行けるか？)

この一本道は上の方で塞がれている。頂上に向かう辺りに分所があって、見張りの兵が詰めているだろう。

だが少し先の崖が、低く見えている。大まかに頭に入れてきた形状からして、この崖を攀《よ》じ登れば、頂上付近を迂回できそうだ。

そう考え、崖に取り付いて、登り始めた時だった。

ワンワン……と急にどこかで犬の吠え声がしたのだ。

(しまった、野犬か)

思わぬ伏兵である。

「誰かおるぞ、何者だ！」

「出て来い！」

すぐにそんな誰何の声がする。慌てて登りかけた崖を飛び降りて、今来た道を転がるように駆け下った。怪しいと見たのだろう、何人かの兵が追いかけてくる足音がする。

「止まれ！」

「止まらぬと撃つぞ」

口々に叫びながら、実際に発砲してきた。

漆黒の闇の中に音がこだましたが、当たるはずもなく、かれの鍛え抜いた俊足が、雑兵《ぞうひょう》に追いつかれるはずはない。

ところが厄介なのは犬だった。犬は夜目が効く。その足は滅法速く、すぐ背後まで迫っている。

鉄太郎はやおら懐中からナポレオン三世の十連発短銃を取り出すや、振り返って、犬や兵士の蠢く闇に向けて威嚇《いかく》発射した。

犬は一瞬ひるんだが、すぐまた勇敢に追ってくる。

もう一発、今度は、鳴き声に狙いを定めて撃った。

威嚇のつもりが、キャンという声が聞こえた。当たりはしないだろうが、鼻先くらいは掠めたらしい。

「短筒だ……!」

という声が頭上から聞こえたが、道は曲がりくねっていて、その場ははるか遠い。

犬は怯えたか、もう追って来ないようだ。

かれは何も考えず、坂をひた走りに走った。

十

坂道の入り口に、街道に面して一軒の大きな屋敷があったのを、行きがけに無意識に見ていた。

あそこだ、あそこに飛び込むしかない。かれは獣のようにその屋敷の前に忍びより、音を殺して表戸を叩いた。

応答はない。だが叩き続け、声を忍ばせて助けを求めた。

「たのむ……開けてくれ……怪しい者ではない……」

万感の思いが胸を洗った。

戦が始まったこの不穏なご時勢に、真夜中の不審者の来訪に、戸を開ける者がいるだろうか？　まして今しがた、峠の方で、たて続けに銃の音がしたのだ。住人は怯えているだろう。

「……たのむ、たのむ、事情がある……」

必死の思いを託し、囁くように語りかけた。

応答はない。

だが灯りが微かに、どこかの隙間に動いたように思った。

脈がなければ、ただちにここを離れなければならない。一方でその頃合いを計りながら、家を出る時に懐に入れてきた、穴八幡の護符を握りしめる。

ややあって、カタリと微かな音がした。息を呑んで待っていると、表戸に付けられた潜り戸が、様子見のためほんの少し開いた。

その瞬間、電光石火、鉄太郎は戸を押し開いて中に飛び込み、後ろ手で戸を閉め、鍵をかけた。

土間に、逃げ腰で怯えたように立っていたのは女である。

上がり框には、がっしりした男が立って、突然侵入してきた巨漢を、手燭《てしょく》をかざして見下ろしていた。

とっさに鉄太郎は玄関土間に正座し、ピタリと両手をついた。

「それがし、将軍徳川慶喜の名代、山岡鉄太郎にござる。火急の用で、駿府の大総督府に向かっておるところ、官軍に見つかって、撃ち合いになり申した。しかし大義を成すため、急ぎ駿府に行かねばならぬ身。ここで死ぬわけにはいかんのです。是が非でもこの山岡を匿《かくま》い、逃がしてくだされ。伏しておたのみ申す！」

と丹田に力をこめ、声を殺して一気に言った。

　そこに立ってじっと聞いていたのは、この家の当主松永七郎平《まつながしちろべえ》だった。聞き終えるや、瞬時に七郎平は振り返って、言った。

「蔵座敷だ、蔵座敷を開けよ！」

　すると背後で様子を窺っていた若者が、

「えっ、開けていいだか？」

と怪しんだ。土間にいた女も、どうして……と叫び、立ちはだかるように座敷に駆け上がる。

　この家の蔵座敷は代々、家族も入れない特別の場所だった。通されるのは、重要な客人だけである。

　なのに、いきなり飛び込んで来たどこの馬の骨とも知れぬ者を、事情も聞かずに通していいものか。そのせいで、この家が災厄を背負ったらどうする……。皆がそう思って当然だった。

　だが七郎平は、声を忍ばせて怒鳴りたてた。

「ぐずぐずするでない、早くお通ししろ！」

　鉄太郎に対しては、そのままそのまま……と土足をすすめ、廊下の奥にある蔵へと自ら手燭をかざして導いた。

その扉は一尺もある厚い漆喰《しっくい》造りで、若者が両手でようやく開閉するほど重いものだった。その中は十五畳ほどの思いがけぬ瀟洒《しょうしゃ》な座敷で、床の間があり、文机や箪笥が置かれている。

鉄太郎を中へ押しやり、誰も通すな、と若者に命じて七郎平は扉を閉めた。

すぐに客人を、床の間を背にした上座に座らせ、向かい合う。

改めて鉄太郎が名乗りをあげ、詳細を説明すると、七郎平はやっと最後の警戒を解いたらしく、初めて自らを名乗った。

この『藤屋《ふじや》』は峠の入り口にある茶亭で、網元《あみもと》、〝脇本陣《わきほんじん》〟をも兼ねている。その座敷からは、富士を座して眺められるため、『望嶽亭《ぼうがくてい》』と呼ばれていた。

かれはこの『望嶽亭』の二十代当主だった。

「いや、大樹《たいじゅ》（将軍）様の御名が出た時から、腹は決まっとりました。伺えば、何と上様のお名代として、駿府に向かっておられる途中とか。国の危急存亡に際し、この松永七郎平、命に代えても駿府にお届け申しますぞ」

四十前後だろう。日焼けした顔の角張った顎と、油断なさそうに光る両の目。がっしりした体格。迷いのない物言い。すべてに、男盛りの頼もしさが漲《みなぎ》っていた。

鉄太郎は黙って頭を下げた。いや、頭が下がった。

　このような義侠心のある剛胆な人物が、こんな危急の折、この場所に配されていた目に見えぬ力に、頭が下がったのである。

「まさに地獄に仏……かたじけない」

「そうと決まれば山岡様、ぐずぐずしてはおれません」

　と七郎平は早速にも膝を進めた。

「上の蜂ヶ沢《はちがさわ》には分所があって、銃兵が詰めてますでな。この峠下は倉沢村《くらさわむら》といい、うちが外れにあるけん、すぐにも押し掛けてきましょう。ただ、陸路で逃げるのは危険です」

「とすれば海路で……」

「そう、舟で薩埵峠の沖を回り、江尻《えじり》（清水《しみず》）の湊《みなと》に入りなされ。幸い今夜は凪《な》いでおるし、うちは網元じゃけん、舟に不自由はない。清水には〝次郎長《じろちょう》〟という、ここらを仕切る親分がおります。すぐに手紙を書きますでな。その親分が、駿府まで送ってくれましょう。ただ途中で怪しまれないよう、着替えにゃなりません」

　とかれは、呼び鈴で家人を呼んだ。漁師の着物と履物を持って来るよう命じ、さらに急ぎ舟の手配をする。

　それから床の間にあった硯箱の蓋を開き、さらさらと一筆認《したた》めた。

〝この山岡様は大樹様のお使いで、国の大事のため、駿府大総督府の西郷参謀に会いに行かれます。どうか無事に送り届けてくだされたく、お願い申し候〟

とそこにはあった。

扉が開いて、先ほど土間にいた女が、洗い晒した漁師の着物を抱えて入ってきた。女房のおかくである。

鉄太郎は手早く着替え、勝安房守の書状を隠した腹巻きを、締め直す。脱ぎ捨てた着物、刀、短筒を、おかくに預けた。

だが紋服一式の入った風呂敷だけは、腰に巻こうとすると、

「大事な物が入っておりましょう。あとで若え衆に届けさせますよ」

と七郎平が言ってくれる。

「有り難い。必要なのは紋服と刀だけだ。物騒な飛び道具は、しばらく預かっておいてほしい」

おかくが荷を抱えて出て行こうと扉を空けた時、玄関の方から騒がしい音が聞こえた。玄関前で怒鳴る声だ。

「あれっ、官軍が来たずら、早く逃げてくりょう！」

とおかくは大慌てで飛び出て扉を閉め、鍵をかけた。

さすがの鉄太郎も茫然として立っていると、当主の声が飛んだ。

「山岡様、大丈夫、ここから逃げられます！」

かれは座敷の隅にしつらえた、半畳の床板を横に滑らせた。

そこに手燭をかざして、さらに引き戸を開くと、下に隠し階段が見えている。

鉄太郎を押し出すようにして先に階段から下し、自らも続いて階段に移ると、開けたままの床板、引き戸を閉じた。

階下は雑然とした物置になっていて、階段の上り口は隠されている。重い扉を開いて外に出ると、潮の香りが鼻を衝いた。

七郎平が先に立ち、腰をかがめ足音を忍ばせて、真っ暗な浜辺を櫓舟まで走る。

そこには抱え漁師で、櫓の達人の栄兵衛《えいべえ》が待っていた。

「では山岡様、御武運を祈りますぞ！」

七郎平は短い言葉をかけ、水に足まで浸かって舟を押した。

「栄さん、頼んだよ！」

栄兵衛はそれを合図に、満身の力で水棹をついた。舟は引き始めた潮にのり、一気に沖に向かって滑っていく。

空を仰ぐと、満天の星だった。

星明かりの中に、怪物のようにせり出して見える薩埵峠を、舟は大回りに回っていく。その黒々とした山塊が、闇に隠れて見えなくなるまで、鉄太郎は放心したように眺め続けた。

十一

「……よく解《わか》った」

七郎平の手紙を、子分の大政《おおまさ》が読み上げると、次郎長はその長い顔を大きく頷かせて言った。

「倉沢からの頼みとありゃ、この次郎長、命を張ってやらざァなるめえ。どうかまかしてくりょう、山岡様。うちには活きのいい若ェ衆《し》が大勢おるずら、総動員でお届け申すでな」

かれはその短い一文から、事の核心を読み取ったのである。

江戸から将軍の名代が敵陣を突破してきたのであれば、国のための重要な謀《はか》りごとに違いないと。

それが成るか成らぬか、天下分け目の鍵を託されたことで、親分は意気に感じ、奮《ふる》い立ったのである。

かくてこの八日朝――。

船頭栄兵衛に導かれて、清水に辿り着いた鉄太郎は、最後の命運を、清水を仕切る侠客次郎長に託すことになる。

総督府の西郷参謀は、駿府城下の伝馬町にいる。醬油醸造元にして脇本陣『松崎屋《まつざきや》源兵衛《げんべえ》』宅に、宿営しているという。

清水江尻の次郎長宅からは、東海道を直進して半刻（一時間）ほどの距離だった。

この一日はまさに多忙を極めた。

鉄太郎自身は次郎長に勧められるまま、まず風呂に入り、朝飯の膳を平らげて、しばし床に寝《やす》んだ。

だがその前に筆と硯を所望し、駿府にいる幕臣白井音次郎《しらいおとじろう》を急ぎ呼び寄せるべく、一筆書いて、子分に託した。総督府への連絡を、この者に頼まなければならない。

昼頃には白井が飛んで来たから、次郎長を交えて額を突き合わせ、水も漏らさぬ計画を練ったのである。

まずは、西郷への面会依頼を、大総督府に届けることだ。

それについても鉄太郎が手紙を書き、さっそくにもこの白井に持たせて、大総督府まで届けさせた。

「なるべく早く会えるようにしましょう」

という西郷側の返答を得て、白井は嬉々として帰ってきた。

一同は勇躍し、どの道を通って駿府まで入るか、検討した。

東海道をまっすぐ西に進めば半刻くらいで行けるが、それをあえて避け、遠回りして海岸沿いの、官軍に遭遇する恐れのない久能《くのう》街道を通ることに決める。

出発は、丑三《うしみ》つ時《どき》。

夜は人も通らぬ真っ暗な道で、官軍が寝ている時間帯を選んだのだ。それでもその際、鉄太郎の前後左右には、次郎長とその選り抜きの子分数人が付き従って、早足で進むこととする。

かくて九日午前——。

まだ明けやらぬ未明、この奇妙な一行は、夜陰に紛れてしゃにむに伝馬町に到着し、あらかじめ取っておいた旅籠に入ったのである。

会談がいつ始まってもいいよう、昨日のうちに総督府近くに宿を決め、西郷側にも連絡を入れておいた。

鉄太郎はここで朝まで仮眠を取り、朝食をすませてから、子分らの護衛付きで役所に向かった。在住の徳川方に駿府入りを報告し、情報を摑むためである。

だがそれも早めに終えて宿に戻ると、思いがけぬ者から伝言が入っていた。箱根の峠で別れた、あの益満からである。

益満は昨八日に、駿府に入っていた。

すぐに西郷参謀に会って、鉄太郎が隣町清水の次郎長宅の世話になっていること、明朝にはこの旅籠に移ることを知った。そこで案件を取り次ぎ、西郷の都合も伺っておいたのである。

「本日は午《うま》の刻（午前十一時から十三時）に参上されたし。充分に意を尽くし、心置きなく使命を全うされよ。益満も及ばずながらご助力致し申す」

という力強いその伝言を聞き、〝休さん、やってくれたな〟の思いに、腹の底が熱く燃えた。

午の刻といえば、もうすぐである。

醬油醸造問屋『松崎屋』は、伝馬通りの奥にある。

鉄太郎が、次郎長一家の護衛を離れ、単身で歩きだしたのは、旅籠や大店の立ち並ぶその通りの入り口だった。

六尺豊かな長身には、江戸から運んできた、山岡家の桔梗紋入り羽織と仙台平《せんだいひら》の袴をつけている。

昨日、七郎平の若い衆が届けてくれた着物には、折り皺がきれいに伸びていた。たぶん女房おかくが、しっかり火熨斗《ひのし》を当ててくれたのだろう。

お召しこじりも、律儀に風呂敷に包まれていた。

小袖、雪駄、真新しい肌着などは、次郎長が一式揃えてくれた。

かれがゆっくり通りに入っていくと、一目で薩摩と分かる兵士らが行く手を遮って、銃口を向けてきた。

「何者か？」

「どこへ行く？」

「これ以上一歩でも入ると撃つぞ！」

たて続けの尋問に、鉄太郎は答えた。

「それがしは徳川家の直臣《じきじん》山岡鉄太郎。主人の命《めい》で、官軍参謀の西郷吉之助《きちのすけ》氏に面会に行くのだ。争いは好まぬゆえ、わが首を討ちたければ、討ち取って、差し出すがよい」

この落ち着き払った返答に、シンと静まって、誰も手を出さない。

陽は頭上にあって、さんさんと降り注ぐ。

鉄太郎はやや眩しげに振り返り、コトあらば飛び出そうと見守っている次郎長たちに一礼すると、そのまま通りを大股で進んだ。

本営松崎屋の前で門衛に取り次ぎを頼む。

その者が心得たように玄関に導いて、そこの番卒に引き継いでくれた。一人が奥へ駆け込むと、益満から話が通っていたのだろう、すぐに、巨体の男が現れて出迎えたのである。

背丈は少し下回るが、体重と横幅は明らかに上回る体軀に、詰め襟の軍服を窮屈そうに纏っていた。

髪は五分刈り、眉が黒くて太く、目はぎょろりとしている。

驚いたことに、この大男の左右には銃を構えた兵士が控え、鉄太郎の背後にもいつの間にやら、抜刀した男たちが立っていた。

振り返らなくても、三人はいるのが分かる。

だが巨漢の男は、誰もいないごとくにこやかに頭を下げた。

「西郷吉之助でございもす」

鉄太郎も慇懃《いんぎん》に頭を下げ、周囲を意に介さぬよう言った。

「徳川慶喜の名代で参上した、臣山岡鉄太郎にござる」

「遠路、おつかれさぁでごわした。さあ、どうぞ奥へ……」

ここで腰の刀を預けて丸腰になり、黒々と磨き抜かれた廊下の奥へ案内《あない》された。そこは離れ座敷になっていた。

先ほどの兵らは消えたが、襖の向こうに、誰かが息を潜めている気配が伝わってくる。

庭を流れるせせらぎの音、時折聞こえる鹿威《ししおど》しの音、小鳥のさえずり……が、そんな殺気を幾らかやわらげている。

向かい合うと鉄太郎はまず、勝安房守から預かった書翰を懐から取り出し、差し出した。

「ほう、これはご丁寧に。勝先生はご健勝ですか」

などと呟きながら、西郷は静かに目を通した。

「なるほど……勝先生のお気持ちはよく分かりもした」

読み終えて小さく頷いているところへ、すかさず鉄太郎は切り出した。

「主人徳川慶喜は、この春から恭順のため上野寛永寺に閉じこもり、ひたすら謹慎致しております。二心なき気持ちを言上するため、これまで何人かの者を遣わしましたが、なかなかお取り上げ頂けませぬ。天朝に逆心なき主人の真情を、どうか総督宮様に、西郷先生からお取りなし頂けませぬか」

「ほう、それはいかがなものでごわすか」

　と西郷は厳しく言った。

「確かに親王様や、女官ら多くの御使者が見えもしたが、寛大な御処置を……となたも繰り返されるばかりで、さっぱり慶喜殿のお心は分かりもさん。それほど恭順のお心が深ければ、なぜに江戸城に幾千もの旗本が籠もるのを、許しておられるか。なぜに慶喜殿は御自ら、わが軍門に謝罪においでなさらんか」

　その迫力に、鉄太郎は唾を呑み込んで即座に言葉を返す。

「お言葉ながら、それは無理というものでござる」

「…………」

「今や徳川方は、恭順派と、それを不服とする抗戦派に分かれて争っており、一つに結束してはおらんのです。徹底抗戦の旗本は兵を集めており、恭順派の勝安房守らが、暴発せぬよう必死に押さえておる現状で……簡単には動くわけには参らぬのです」

「なるほど……。しかし、すでに甲州などで戦火が勃発したと、聞いておいもす。それは先生の言われるところと違っていませんか。恭順は慶喜殿の本心ではなく、官軍に対する面従腹背《めんじゅうふくはい》と受けとられても、仕方なかではあいもはんか」

四十歳の西郷は、七つ下の鉄太郎に〝先生〟の尊称を使い、悠揚《ゆうよう》迫らぬ口ぶりで言った。

「確かに仰せの通りでござるが、あれは脱走兵が成したこと、たとえ戦端が開かれても、慶喜とは何の関係もございません」

「それならば、よか」

西郷は、それ以上は問わなかった。

「どうかその辺りをご斟酌《しんしゃく》くだされ。主人慶喜には叛意はなく、従う多くの家臣も、戦を望んでおりません。それをすべて朝敵と一括《ひとくく》りにし、朝敵征伐の掛け声のもと、どこまでも進軍なさるおつもりですか。江戸を焼き、百万の民を巻き添えにするのは、天子の軍のなさることとは思えません」

と迫る鉄太郎を、西郷は鎮《しず》めるように手を振った。

「いや、御尤《ごもっと》もでごわすが、じゃどん……」

と少し言葉を切って、一気に言った。

「三月十五日を期して、すでに江戸総攻撃が決まっておいもす。三日前、大総督宮からのご命令でごわす」

十二

「十五日……！」

頭を棍棒《こんぼう》で殴られたような衝撃を受けた。

これだけ訴えたあげく、攻撃は初めから決まっていたというのか。

鉄太郎は一瞬、身内に殺気に似た感情がギラッと刃を剝《む》くのを感じた。剣の立ち合いでの、鋭い気合に似たものだ。

生きてこの屋敷を出るまい、と思う。

だが、ここからが正念場なのだとも心得ていた。これで切れてしまうほど、かれの思いは単純ではない。

「それはなりませぬ」

大声で言い、膝を乗り出して詰め寄った。

「もしもそのような事になりますれば、主の命《めい》に服しておる恭順派の旗本までが、命を投げ出し、武器を取りましょう。江戸の多くの民も、参じるやもしれません。江戸八百八町は血と火にまみれ、二百五十年もの長きにわたって栄えたこの東の都は、一夜にして潰《つい》えましょう。官軍は、西郷先生は、何ゆえそのような地獄を望まれるのでありましょうか？」

その気迫に西郷は沈黙した。

やおら腕を組んで、何事か思い巡らしている。

鉄太郎も沈黙し、その巨眼でじっと相手を見据え、言葉を待った。

「もとより官軍は、戦を好んではおいもさん」

と西郷はゆっくり言った。

「恭順の実効があれば、寛大な御処置もあいもそう」

「恭順の実効……とはいかなることでござるか」

「これまでの御使者からは、慶喜殿の恭順がいまひとつ、信じられなかったでごわす。今、先生から江戸の実情を伺って、大いに分かりもした。恭順が本物であるという証《あかし》が示されれば、官軍は無駄に兵を動かしはしもさん」

西郷は、大きな目をさらに見開いて言った。

なるほど、と鉄太郎は腑に落ちた。我が方に欠けていたのはこれだったか、とも思う。敵の攻撃を止めさせるには、こちらの条件を示し、具体的に降伏を証明しなければならないのだ。

「よく分かりました。どうか、その条件を示してくだされ」

「ああ、それについては、この西郷の一存で決められることではごわせん。これから宮に言上し、ご意見を聞いて参りもす。ここでしばし膝を崩し、休憩してくだされ」

巨体が床を踏むみしみしという足音が消えると、急に静寂が降ってくる。庭には陽が注ぎ、せせらぎが流れ、小鳥がさえずっていた。

かくも外の自然は静かなのか、と思った。

襖の向こうからは、やはり何かの空気が押し寄せてくる。

かれは大きく息をついて、空気を身体に取り込んだ。そして座禅の態勢で待つこと、小半刻ばかりか。

やがてあの足音が戻ってきた。

「お待たせ申した。宮より、この五か条の御命令がくだされもした。これが実効されれば、総攻撃は中止されもそう」

そう言ってかれは、一枚の書面を差し出した。押し頂くようにして手に取った鉄太郎は、大きな目で食い入るように目を通す。

一、　城を明け渡すこと

二、城内の人数を向島《むこうじま》に移すこと
三、兵器を渡すこと
四、軍艦を引き渡すこと
五、徳川慶喜を備前へお預けとすること

じっと見入って何も言わない鉄太郎に、西郷が問うた。

「いかがでごわすか。これが実効されれば、徳川家の存続も保証されもすぞ」

「はっ、謹んで承《うけたまわ》りました。一、二、三、四の……この四か条には異存ございません。ただ最後の一条、主人慶喜を備前池田藩に預けるという箇条だけは、お請《う》け致しかねます」

鉄太郎がきっぱりと言った。

「何ゆえかと申しますと、慶喜は恭順し何もかも……その一身をも、官軍に委《ゆだ》ねようとしております。その赤心《せきしん》に踏み入って、かつての家臣池田公に身柄をお預けするとは、あまりに無惨なお仕打ち……。もしそのようなことになれば、徳川恩顧の家臣は決して承服せず、死を以て、戦いましょう。その結果、数万もの命が絶たれます。これが天子の軍のなさることでしょうか。されば、先生はただの人殺しでござるぞ」

激しい非難の言葉を、だが西郷は平然と受けた。

「しかし、朝命でごわす」

「朝命であっても、承服いたしかねます」

相手を見据えて、鉄太郎は言う。

何を勘違いしておるかとばかり、声を強めて西郷は繰り返した。

「朝命でごわすぞ」

「たとえ朝命であろうとも、譲れぬものがあると申しておるのです」

「…………」

二人は睨み合う形になった。

「しかれば、立場を替えてお考え頂きたい」

鉄太郎が熱い視線を外さず、言った。

「仮に島津侯が朝敵のそしりを受けて捕縛され、臣下のもとに幽閉を命じられたとします。拙者と同じ立場にある西郷先生は、その朝命に示された条件を呑み、すみやかに主君を差し出し、平然としておられましょうや。その辺りの君臣の情を、先生はいかがお考えですか。この鉄太郎は、耐えられません。たとえ朝命であっても譲れぬものとは、武士の……武士の面目ではありますまいか」

激して一気に迫った鉄太郎は、不意に絶句した。

その巨眼にジワリと盛り上がってくる涙を、懸命にこらえているのだった。

西郷は黙して、それをじっと見守った。

その胸に、故島津斉彬侯《なりあきら》がよぎったかもしれない。英邁《えいまい》だった主君が不審の死を遂げた時、西郷は殉死を考えたと言われる。

もはや互いに無言だった。言葉に出来ることは、言い尽くした。庭のせせらぎの音が、静寂の中に急に大きく聞こえ始める。

ややあって、西郷が先に沈黙を破った。

「山岡さん、お説ごもっともでごわす。しからば慶喜殿の処遇については、この吉之助が一身に代えてお引き受けしもそ」

その目がじんわりと潤《うる》んでいた。

「は……」

「いや、これは吉之助の独断でごわすが、必らず良きよう計うから、ご心痛は無用でごわす」

「……鉄太郎、この条件を謹んでお請けいたします。よろしくお願い申します」

深く頭を下げ、そう言うのがやっとだった。袴の上に、ポタポタと涙が零《こぼ》れ落ちた。

「これで決まりもした」

言って西郷が膝で進んできて、鉄太郎の肩を叩いた。

「先生が、死ぬつもりで来られたのは、よく分かりもした。しかし一国の存亡が、この肩にかかっておりもすぞ。どうか命を粗末にせぬようたのみもす。ところで山岡さん……」

しんみりした口調をふと変えて、笑いながら言った。

「江戸からここまで、どうやって来もした」

「はあ、歩いて参りました」

「途中で何か見ませんでしたか」

「官軍の兵が大勢おって、なかなか立派な武器を持ってましたな」

「はっはっは……」

と西郷は突然笑い出した。

「山岡さんにはどうやら、怖いものはなさそうだ。ははは、一杯献じて、少し酔わせもそか」

と手を叩いて、酒を命じた。すると襖が開いて現れたのは益満だった。かれも涙で眼を赤くしていた。

「やいもしたな！」

と鉄太郎の肩を叩いて囁いた。

かれも加わって三人で乾杯し、酒を酌み交わした。西郷から受けた酒は、熱く燃えた五臓六腑《ごぞうろっぷ》に染み渡る。この酒豪が、わずか一杯の酒で心地いい酔いを誘われた。

（やったのだ）

初めてその思いが、波のように押し寄せてくる。

慶喜のしかめ面が、謙三郎の心配そうな顔が、勝海舟、望嶽亭の主、次郎長の顔が……次々と浮かんでは消えた。

（いざ、帰らん）

の思いがすでに胸に萌《きざ》している。

せっかくの吉報が煙になってしまわぬうち、一刻も早く江戸に帰り、結果を報告して皆を安堵させねばならぬ。

酒は数杯に止め、鉄太郎は馬上の人となっていた。

出立前に西郷は、降伏条件を箇条書きにした〝御内書〟を渡し、

「おいどんも明日、江戸に向かいもす。幕府方がこの条件に同意されるか否か、最終

回答を十五日までに出していただきたい」

　と申し入れ、また一緒に戻る益満の分を含めて、二頭の馬と、〝大総督府陣営御用〟と書かれた木の通行手形を用意してくれた。

　今は帰心矢のごとしだった。

　二人は早馬で江戸を目指した。来る時は長い旅に感じたが、帰りは速い。馬首を並べたり、抜きつ抜かれつで疾駆《しっく》した。

　あの薩埵峠も難なく越え、峠下で〝望嶽亭〟に立ち寄った。

　だが馬を下りず、馬上から大声で呼ばわると、七郎平とおかくが気がついて飛び出してきた。

「お武家様、ご無事でしたか！」

「おかげで助かった。戦はない、江戸は救われた、礼を申すぞ！　先を急ぐので、これでご免！」

　言って馬の腹を蹴り、先を行く益満を追いかけた。

　馬を乗り継ぎ、馬がへばると時には歩いた。

　翌十日、神奈川の宿で新たに馬を借り、品川宿まで一気に飛ばした。官軍の先鋒は、すでに品川まで来ていたのである。

品川宿に入ると、歩哨《ほしょう》が誰何してきた。

「止まれッ」

「馬を止めよ！」

だが寸刻も無駄にしたくない鉄太郎は、応対を背後の益満に任せて、馬を止めない。

すると前から三人の兵がバラバラ駆け寄ってきた。

二人がかりで馬を止めると、その一人が何を思ったものだろう、やおら馬の首に銃身を置き、一尺（三十センチ）先の鉄太郎の胸を狙って、引き金を引いたのである。

南無三……と思う間もなく、不思議なことが起こった。

カチッと雷管の音がしただけで、弾丸は出なかった。不発だったのである。

「何ちゅうことをする、こん阿呆が！」

益満が馬を飛び下り、その兵の銃を叩き落とした。

駆け寄ってきた上官に木札を見せ、事情を話して事無きを得たが、怖いもの知らずの二人も、さすがに青ざめていた。

弾が正常に発していたら、間違いなく鉄太郎は死んでいたのだ。

再び馬上の人となって轡《くつわ》を並べると、益満がしみじみ言った。

「雷管発して弾丸発せずとは、奇なること……」

「わが命を天が守ってくれたのだろう」

二人はそんなことを語らいながら進み、三田薩摩屋敷の近くで別れた。

鉄太郎が益満と親しく語らうのは、それが最後になった。

この益満はわずか一か月半後の五月二日、上野戦争で流れ弾に中《あた》り、二十八歳の生涯を閉じるのである。

そうとは知らぬ鉄太郎は再会を約し、むら雲行き交う春の空の下を、江戸城目ざして馬を飛ばした。

十三

「……戦はねえとよ！」

「官軍は、攻めて来ねえってさ」

そんな噂が、その日のうちに江戸を飛び交った。

辻々に、次のような布告が掲げられたのである。

「このたび大総督府参謀西郷吉之助殿との応接、相済み、恭順謹慎の実効相立ち候《そうろう》上は、寛典《かんてん》の御所置相成候につき、市中一同動揺致さず、家業に励むべきこと」

要は〝官軍との和平が決まり、戦は避けられた。皆は安心して家業に精を出せ〟というのだ。

鉄太郎から報告を聞いて喜んだ重臣が、ただちに市中にお触れを出させたのである。

官軍の攻撃を恐れて浮き足立っていた人々は安堵し、高札の下に集まって世間話に興じている。

そんな人ごみの中に立ち、高札を読みながら、飛び交う噂話に耳をそばだてている二人の女がいた。

鉄太郎の妻女お英と、あじさい亭のお菜である。

お英は、少し前にふと出て行ったきりの良人の消息を、つい先ほどまで知らなかった。

何でも、将軍直々に難しい密命が下され、西の方に出向いたらしい……と隣家のお澪から聞いている。だがその情報源の謙三郎も、お城から帰ってこないので、詳細は分からない。

お英は今も、〝将軍の密命〟など半信半疑である。

薩摩の益満休之助と一緒に出かけたのを知るだけに、ろくな話ではないと思い込んでいた。ただ毎朝毎晩神仏に手を合わせ、良人の無事の帰りをひたすら祈った。

そこへ今日の午後になって、お菜が駆け込んで来て、伝通院前にお触れが出ているらしい、と知らせて来た。

お菜は、店に総菜を買いにきた客からその話を聞き、店を父親に託して、山岡邸まで走ったのである。

「あら、そうかえ、お菜ちゃん、一緒に行っておくれな」

というわけで、二人は連れ立って、高札を読みにやって来た。

お菜はもう読み書きに不自由はないのだが、高札の漢字に少し難しいものがあると、お英に読んでもらった。

「上様の命《めい》を奉じて、単身、敵陣に乗り込み、西郷参謀と話をつけたお旗本がいたそうだ……」

そんな話を声高《こわだか》にする者がいた。さすがに武士の町だったから、お城からの情報は早いのだ。

「そのお旗本は、ご無事でしたか」

お菜が横から問いかけてみる。

「おう、無事に帰ったからこそ、このお触れが出たのヨ」

「命知らずのお人もいたもんだ」

そんな声に、お菜の胸にじわじわ誇らしさがこみ上げる。

その命知らずのお人が、あたしのお師匠なのだと。

「何せ東海道は今や、葵《あおい》の御紋じゃ、アリの子一匹通れねえ。京から品川まで、びっしり官軍で埋まってるからな」

「中山道も同じだ。戦をしたって、しょせん勝ち目はねえんだ」

「いや、早まるんじゃねえ。勝ち目はある」

という威勢のいい声が、耳に飛び込んでくる。

「まだ海軍があるぞ。和平なんてェのは、腰抜け旗本の命請いにすぎん」

二人はそっとその人ごみから抜け出した。

「鉄舟様はどうやら、無事に江戸に戻られたようですね」

お菜は微笑みながら、お英に囁いた。

人々の噂の中に、鉄太郎の名はどこにもないが、かれを彷彿《ほうふつ》とする剛の者の姿が、陽炎《かげろう》のように見えていた。

「ならいいんだけど……」

とお英は、なおはっきりしない顔で言った。

お英は、鉄太郎との十年以上の結婚生活で、何ひとつ相手に期待しないことを会得《えとく》している。嬉しいことがあっても喜び過ぎず、悪いことがあっても、落ち込みすぎないのがいいと。

「今夜はきっと、お家に帰って来られますよ。だって和平が決まったんだもの、これからは落ち着かれるんじゃないかしら」

とお菜はなおも言った。

「そうかねえ。そうばかりも思えないんだけど」

と曖昧に笑うお英は、今後また山岡家を騒がせる狼藉者《ろうぜきもの》が押し掛けてくるのを、予感していたのだった。

実際、数日後からそれは始まった。かれらは揃いも揃って〝山岡の悪漢〟〝勝の国賊〟と罵《ののし》るのだった。

幕府を官軍に売ったの、毛唐《けとう》に日本を売ったのと、口を極めて罵声を浴びせかけた。家族を皆殺しにする、家を焼いて皆を蒸し焼きにする……と脅しまくり、家を蹴ったり壊したりの乱暴狼藉に及んで、やっと引き上げた。

しかしお英という人は、いっこうにへこたれない。大概のことは柳に風と受け流す、気丈な婦人にいつしかなっていたのである。

「……お菜、もう六つになるぞ」

と奥から徳蔵の声が聞こえた。

「はーい、もうすぐ……」

と応えたお菜は、なお客の足音に耳をそばだて、暖簾の外を窺った。お英と別れて帰宅してから、何だか鉄太郎が店に寄るような気がして、気もそぞろだったのである。

父徳蔵は一進一退で、この日は具合がいいからと、お菜が帰ってくるまで店に立って包丁を握っていた。

これまでお菜に、幾つも縁談があったがどれにも断り、二十歳を目前にするに至ってしまった。今は〝お父っつあんの世話〟という、いい口実があった。

そんな徳蔵を奥に休ませ、替わって店に出たお菜は、鉄太郎が来たら何と言葉をかけようか、とばかり考えていたのである。

(鉄おじさんは、一夜にして、偉くおなりになったんだ)

とお菜は思い、暖簾をしまうため外に出る。

夕暮れの空気には、なま暖かい晩春の温気がこもっていて、柔らかく肌を包む。春の名残りの何かの花の香りが、漂っていた。

お菜は薄闇が溜まっている谷の方を見やってから、ようやく諦めて暖簾をしまい家に入った。

その夜も後片付けを終えると、いつものように文机に向かった。思いつくよしなしごとを書き綴って、夜半まで過ごすのである。

いつもは夢中になって時を忘れるが、この夜は、時雨橋の向こうに誰かの足音が聞こえると、ふと手を止めて、その足音がどこかに消えるまで耳をすました。

だが鉄太郎は、やはり姿を見せなかった。

翌日もその翌日も……。

「旦那様は〝国のお仕事〟で、いっこうに帰ってこないのよ」

としばらくしてお英から聞いた。

もうすぐ前将軍慶喜が水戸に去ることになり、その時は鉄太郎も謙三郎も、精鋭隊を率いて随行するという。

「あたし達はどうなるんだか、さっぱり分からないの」

それから一月《ひとつき》ほどしたある日のこと、気分の良さそうな徳蔵が外に出て、お菜を呼んだ。

「お菜や、ちょっと出て来てごらん」

何だろうと出てみたが、空にはむら雲が流れ、何も変わったことはない。だがお隣の一州斎もそこに立っていて、遠くを呆然と眺めている。

お菜を見てかれが言った。

「いや、ここからは何も見えんがな。今日、お城に官軍が入ェるんだってさ。たぶん、もう入ェってるだろうよ」

(ああ、今日だったのか)

とお菜は胸を衝かれ、お城の方角を眺めやった。

「あの城が徳川様のものでなくなる日が来るたァ、夢にも思わんかったよ。世の末を見届けて、わしゃァ、もう死んでもいいわい」

と徳蔵が言った。そして急にお城の方角を向いて跪《ひざまず》き、号泣した。

お菜は、今は慶喜に従って水戸に向かいつつあるだろう鉄太郎を想って、胸を熱くした。

この年の秋、元号が〝明治〟と変わり、江戸が〝東京〟となった。

あとがき　『怪人鉄太郎』

歴史上の人物でも、山岡鉄舟ほど不思議な人はいないと思っている。

三十三まで無名の幕臣だった鉄太郎は、幕末もどん尻になって、官軍との競り合いに苦慮する徳川慶喜の前に、いきなり彗星《すいせい》のごとく浮かび上がる。

そのいきさつは本文にある通りだが、死を賭けた敵中突破の成功により、突然〝維新の立役者〟に躍り出るのだ。

それまでは、ボロをまとい、刀の代わりに木刀を帯び、すり減って左右の高さの違う高下駄を履き、〝鬼鉄〟〝ボロ鉄〟と呼ばれ、世間から乱暴者扱いされていた貧乏御家人だった。

だが明治《めいじ》に入るとその名は江戸中に響き、〝朝敵〟慶喜の臣下だったにもかかわらず、明治天皇の侍従にまで押し上げられてしまうのである。それはただの強運ではなく、何事も奥義をきわめるまで徹底させなければ納得しない鉄舟の、秘めに秘めた底《そこ》力《ぢから》だっただろう。

「全体、山岡という男は正直で熱性《ねっしょう》の方だから、何でも子どもの頃から信じたことはむやみに熱中した形跡がある。こんなことは一方からいえば馬鹿の骨頂だ。しかし馬鹿もあれくらいな馬鹿になると、違うところがあっておもしろいよ」

と勝海舟は言っている。

そんなわけで鉄舟といえば、どうしても偉人として祭り上げられるが、その人となりは悟りすました〝達人〟などでは全くなかった。

大川端に生まれた、べらんめ口調の江戸っ子で、本人いわくの〝色道修行〟にも励み、親戚中から離縁絶縁を迫られた、奥さん泣かせの大放蕩者だったのだ。

娼館の玉代を捻出するため言語に絶する苦労をし、借金取りに追い回されながら、「馬車ならでわが乗るものは火の車、掛け取る鬼の絶ゆる間もなし」などと洒落のめしている。

江戸の空気を呼吸し、どこにもいそうな庶民性をたっぷり備えたこの人物は、幕末のホームドラマにも似合いそうに私は思ったのだが、さてどうだろう。

ともあれさまざまな逸話を残して、幕末から明治の動乱期を晴朗に駆け抜けた鉄舟は、やはり達人ではなく〝怪人〟と呼ぶのがふさわしいのではないか。

森真沙子

参考文献

　この3巻を書くにあたり、主に左記の文献のお世話になりました。有り難うございました。

「山岡鐵舟　空白の二日間」若杉昌敬　春秋社
「山岡鉄舟」大森曹玄
「史伝西郷隆盛と山岡鉄舟」原田光憲　日本出版放送企画
「女士道」鐵舟夫人英子談話　大学館
「江戸巷談　藤岡屋ばなし」鈴木棠三　ちくま学芸文庫
「江戸岡場所遊女百姿」花咲一男　三樹書房
「品川宿遊里三代」秋谷勝三　青蛙房
「江戸のフーゾク万華鏡」永井義男　日本文芸社

時代小説

二見時代小説文庫

朝敵《ちょうてき》まかり通《とお》る　時雨橋《しぐればし》あじさい亭《てい》3

著者　森《もり》 真沙子《まさこ》

発行所　株式会社　二見書房
東京都千代田区三崎町二-一八-一一
電話　〇三-三五一五-二三一一［営業］
〇三-三五一五-二三一三［編集］
振替　〇〇一七〇-四-二六三九

印刷　株式会社　堀内印刷所
製本　株式会社　村上製本所

落丁・乱丁本はお取り替えいたします。
定価は、カバーに表示してあります。

 ISBN978－4－576－17127－2
http://www.futami.co.jp/

麻倉一矢

剣客大名 柳生俊平 シリーズ

将軍の影目付・柳生俊平は一万石大名の盟友二人と悪党どもに立ち向かう！ 実在の大名の痛快な物語

以下続刊

① 剣客大名 柳生俊平 深川の誓い
② 赤鬚の乱
③ 海賊大名
④ 女弁慶
⑤ 象《ぞう》耳《みみ》公《く》方《ぼう》
⑥ 御前試合
⑦ 将軍の秘《ひ》姫《め》

上様は用心棒 完結

① はみだし将軍
② 浮かぶ城砦

かぶき平八郎荒事始 完結

① かぶき平八郎荒事始 残月二段斬り
② 百万石のお墨付き

二見時代小説文庫

早見俊

居眠り同心 影御用

シリーズ

以下続刊

閑職に飛ばされた凄腕の元筆頭同心「居眠り番」蔵間源之助に舞い降りる影御用とは…!?

① 居眠り同心 影御用 源之助人助け帖
② 朝顔の姫
③ 与力の娘
④ 犬侍の嫁
⑤ 草笛が啼《な》く
⑥ 同心の妹
⑦ 殿さまの貌《かお》
⑧ 信念の人
⑨ 惑いの剣
⑩ 青嵐《せいらん》を斬る
⑪ 風神狩り
⑫ 嵐の予兆
⑬ 七福神斬り
⑭ 名門斬り
⑮ 闇の狐狩り
⑯ 悪手《あくしゅ》斬り
⑰ 無法許さじ
⑱ 十万石を蹴る
⑲ 闇への誘い
⑳ 流麗の刺客
㉑ 虚構斬り
㉒ 春風の軍師
㉓ 炎剣《えんけん》が奔《はし》る

二見時代小説文庫